LAKSHMAPLAUTE

Amphitron 2019

LIVRET POUR LA SCÈNE

Traduit en sénaires iambiques

septénaires trochaïques

bacchées, ioniques

et autres crétiques

AUX HUMANISTES TRÈS-MODERNES

Ad ūnam vōcēs suās præbentem

QUELQUES MOTS SUR NOS VERS MESURÉS

Si le lecteur souhaite lire nos vers comme ils ont été écrits, comme ils ont été joués sur scène, il trouvera ici quelques indications.

LE SÉNAIRE IAMBIQUE

Le rythme de la parole française est scandé naturellement par l'accent de groupe, amalgame complexe entre un accent d'intensité, un accent mélodique et un accent de durée. En poésie mesurée, on tend à accorder une certaine prédominance à l'accent de durée, de sorte qu'on obtienne de véritables oppositions rythmiques. Ainsi, le premier vers de notre prologue sera naturellement marqué par les accents suivants — sur ce que j'appellerai une syllabe [naturellement] accentuée, marquée ici d'un double soulignement —, avec une certaine durée :

Voilà un bon, un vrai public, voilà des gens

En outre l'expressivité de la déclamation étant plus nette, on accordera souvent un accent propre à un mot placé à l'intérieur du groupe de souffle — sur ce que j'appellerai une syllabe accentuable, marquée ici d'un soulignement simple :

Voilà un bon, un vrai public, voilà des gens

On a donc bien six temps forts dans ce vers, qui peuvent être marqués par le rythme de la voix, par un *ictus*, au sens propre, c'est-à-dire un frappé du pied — de sorte que les six temps forts délimitent véritablement des pieds. Comme chacun de ces ictus est précédé d'un temps relativement plus faible, on a bien six pieds iambiques, c'est-à-dire six ensembles [syllabe faible + syllabe forte], qu'on peut noter [sf+SF]. C'est pourquoi on peut appeler ce vers un *sénaire iambique*. Mais qu'est-ce qui différencie un tel vers d'un alexandrin à la manière de Hugo, de Verlaine ou de Baudelaire, où l'accent de césure tombe fréquemment sur le nom d'un groupe [nom+adjectif épithète] ? En effet, mon accent troisième accent correspond bien à la césure, et même s'il est un accent secondaire, assez peu fréquent dans la poésie du XVIIe, c'est le même type d'accent que place régulièrement à la césure Rimbaud dans le « Bateau ivre » :

Dans les clapotements furieux des marées [...]
Et des taches de vins bleus et des vomissures [...]
Dévorant les azurs verts ; où flottaison blême
Et ravie, un noyé pensif parfois descend.

Mais dans l'alexandrin français, les autres accents — que certains nomment *coupes* — « tombent » librement quand il ne s'agit pas de la césure ou de la fin de vers. On ne saurait scander ainsi les vers de Rimbaud :

Dans les clapotements furieux des marées [...]
Et des taches de vins bleus et des vomissures [...]
Dévorant les azurs verts ; où flottaison blême [...]

Nos sénaires iambiques ne sont pas des alexandrins parce que, même si l'on considérait l'accent obligatoire sur la sixième syllabe du vers comme une césure d'alexandrin, le caractère fixé de ce qui serait alors des coupes les en distinguerait nettement. Un autre phénomène distingue très nettement nos sénaires de l'alexandrin, comme notre second vers le montre nettement :

qui n^{e} pens^{e}nt pas qu'à l'argent, des gens qui n^{e}s^{e} laiss^{e}nt jamais

Nous élidons très fréquemment l'*-e-* caduc avant consonne, comme cela se fait dans la langue courante du nord de la France — en transposant la façon de Plaute, capable d'élider, ou en tout cas de « ne pas compter » un grand nombre de voyelles latines dans chacun de ses vers. Nos sénaires, propres à la comédie, ne peuvent être confondus avec des alexandrins classiques, fussent-ils ceux de Molière dans son *Amphitryon* :

Tout beau ! charmante Nuit, daignez vous arrêter.
Il est certain secours que de vous on désire...

Même s'il arrive à l'alexandrin de Molière, comme ici, de tendre vers un rythme iambique, la pratique déclamatoire de l'articulation des *-e-* caducs, et le niveau de langue pratiqué lui donnent une noble couleur, qui répugne quelque peu à notre sénaire, quand bien même il est articulé par un dieu.

Mais trêve de bavardages techniques, et reprenons notre intention première : si le lecteur, qu'il se laisse aller à battre la mesure, et de préférence avec ses pieds : « *et 1 et 2 et 3 et 4 et 5 et 6...* ». Le rythme des premiers vers, ainsi, qu'ici et là, pour des vers un peu tordus, lui est indiqué par le soulignement des temps forts. Peu à peu, le rythme proposé l'entraînera et régulera d'une certaine façon sa voix, même quand tel ou tel accent est un peu artificiel : les pieds où l'iambe est parfaitement naturel sont suffisamment majoritaires pour réguler, en les entraînant dans leur sillage, les vers qui *swinguent* un peu plus.

Évidemment, rien ne l'empêche de fuir la monotonie, en particulier en faisant varier la valeur de chacun des accents, entre durée, hauteur, intensité, silence et autres marques musicales diverses de l'émotion humaine.

LE SEPTÉNAIRE TROCHAÏQUE

Le septénaire trochaïque, vers majoritaire dans l'*Amphitryon* de Plaute, est lui aussi sur l'alternance des temps forts et des temps faibles. Mais à la différence du sénaire iambique, il commence par un temps fort. Il est donc constitué de trochées, où la syllabe forte précède la syllabe faible : [SF + sf]. Ces trochées sont au nombre de sept et demie : d'où le nom de septénaire trochaïque.

Pour obtenir un septénaire en français « 1 et 2 et 3 et 4 et 5 et 6 et 7 et 8 », il faut commencer le vers par une syllabe forte. Ainsi, on aura à l'initiale très souvent un mot monosyllabe[1] ; on évite de plus de terminer sur un -e- caduc, fût-il théoriquement élidé, de sorte que la fin de vers sur une syllabe accentuée soit assez nettement marquée :

C'est incontestable : comm' j'ai pris sa bouille et ses façons,
il convient aussi qu^{e} j'adopt^{e} ses indéniables qualités.
Donc, il faut qu^{e} je sois malin, rusé, et fourbe au plus haut point,
pour qu^{e} ses propres arm^{e}s, sa propr^{e} malic^{e}, l'expulsent loin d'ici.

1. Ou un dissyllabe terminé par un *-e-* caduc.

Bon, mais qu'est-ce qu'il manigance ? Il regarde en l'air. Voyons un peu.

Si l'accent sur « donc » ou « bon » avant virgule est très marqué naturellement, il l'est beaucoup moins ici pour « c'est », « pour », et surtout le pronom sujet « il ». La tendance naturelle du français est de se précipiter vers la fin du groupe de souffle, et les syllabes initiales ont tendance à être mangées, dans la conversation courante. Le septénaire trochaïque s'appuie en fait sur l'accent d'attaque que réclame un phrasé déclamatoire : pour faire entendre nettement l'ensemble des syllabes du vers, l'acteur surarticule les attaques de groupes de souffle, les attaques de vers. Cela peut se faire de façon très naturelle sur « c'est » et « pour ». Ce sont en effet des mots : ils sont pourvus d'un sens, même s'il est extrêmement abstrait.

Ils sont donc aptes à recevoir, en langue, un accent d'insistance : l'accent déclamatoire, artificiel, peut concorder avec un accent naturel. L'accent porté sur le « il » de « il convient » est plus difficile à réaliser : c'est théoriquement un pronom personnel *atone*, et ce d'autant plus qu'il a une valeur impersonnelle ; mais le phénomène est du même ordre que pour les mots précédents. C'est un mot ; bien que sa valeur sémantique soit extrêmement faible, ou plutôt extrêmement abstraite, elle existe. Ce « il » initial en l'occurrence dit « je commence un propos » ; en s'arrêtant sur ce « il » initial, le locuteur insiste sur cette idée. Il dit « écoutez ce que je vais vous dire » ; il s'empare de la parole. C'est ainsi qu'un accent naturel, lié à l'interlocution[2], peut converger avec l'accent

2. L'interlocuteur, en l'occurrence, dans une analyse superficielle de l'énoncé, pourrait paraître absent. Nous sommes au théâtre, et Mercure a ici l'interlocuteur le plus massivement présent qu'on puisse imaginer : le public.

déclamatoire, imposé à ce pronom atone par sa place à l'initiale d'un vers.

Le lecteur aura d'autre part peut-être remarqué un autre type d'accent imposé par le mètre dans les vers que nous venons de citer : le contre-accent porté à l'intérieur des mots longs : « *incontestable, indéniables, qualités, manigance* ». C'est un contre-accent parce qu'il répond en quelque sorte en écho — anticipé ! — à l'accent final. Il est possible du fait de la nature iambique de la langue française, qui aime entendre une alternance binaire de syllabes fortes et de syllabes relativement plus faibles ; encore une fois, nous marquons un temps fort sur une syllabe non pas naturellement accentuée, mais naturellement accentuable.

On retrouve ce contre-accent très naturellement dans un groupe de mots qui forme un mot rythmique :

> *j'crois qu' grand-pèr' Nocturn'* complèt'ment noir *ne* s'réveill'plus *d'sa cuit'.*
>
> *Là, les sept étoil's d'la* grand' cass'rol*' n'ont pas bougé d'un pouç',*

On peut aussi parfois s'appuyer sur l'aptitude des voyelles nasales à s'allonger démesurément pour obtenir un temps fort sur une faible préposition placée après un mot plein monosyllabe :

> *Merveilleus*[e] *veilleus*[e]*, veille en veilleus*[e] *de Zeus : c'est bon pour toi.*

Lorsque la régulation donnée par le mètre impose des temps forts qui vont tout à fait contre le phrasé naturel, on peut cependant, souvent s'appuyer sur d'autres potentialités du français, et en particulier le fait que le radical d'un verbe puisse être un peu détaché de sa désinence, comme si radical et désinence étaient deux mots distincts — l'un est le « lexème », et l'autre le « grammème » :

Car en v'la un' jolie nuit POUR S'PAYER UN' CATIN de lux'!

Le groupe en capitales se scande naturellement « pour s'payer un' catin ». Notre scansion est nettement artificielle, imposée par la métrique : on peut s'y soumettre parce qu'on est entraîné par la logique du vers, où, le plus souvent, l'accent naturel et l'accent métrique concordent. Mais on pourra aussi s'appuyer, en passant, sur la force sémantique du radical verbal. Le « pai » de « payer » peut porter une intonation expressive, parce que c'est la syllabe radicale du verbe : c'est elle qui porte le sens.

Les autres vers iambiques et trochaïques ne méritent pas qu'on s'y arrête longtemps ici : leur logique est exactement la même que celle du septénaire trochaïque et du sénaire iambique. Mis à part quelques iambes et trochées dispersés ici et là, il s'agit essentiellement de l'octonaire iambique, composé, comme son nom l'indique, de huit iambes : « *et 1 et 2 et 3 et 4/ et 1 et 2 et 3 et 4* » :

C'est qui l'plus courageux de tous les homm's? C'est qui l'plus audacieux?

CRÉTIQUES ET BACCHÉES

Un crétique est un pied composé d'une brève encadrée par deux longues : [—˘—], ou [SF-sf-SF], de sorte que dans les passages de crétiques, comme le récit de la bataille que se fait à lui-même Sosie, on trouve continuellement des séries de deux longues:[—˘——˘——˘——˘—]. Il a donc des affinités avec le bacchée, où une brève initiale est suivie de deux longues : [˘——], ou [sf-SF-SF]. Cette succession de longues n'est pas, *a priori*, une configuration naturelle au français, qui a, on l'a déjà dit, une logique iambique.

On résout ce problème d'abord avec la musique et la danse : les crétiques et les bacchées font partie de ce qu'on appelle les *cantica*, c'est-à-dire les parties chantées… et dansées : l'allongement artificiel de certaines syllabes peut être imposée par la danse et la mélodie. C'est ainsi qu'à Démodocos, nous disons parfois que nous déclamons les bacchées comme du Cabrel : « La caabaane au fond du jaardin… ». Il est bon cependant que cet allongement ne soit pas trop artificiel, et qu'il puisse converger avec des tendances naturelles de langue. Pour les crétiques à tonalité épique de Sosie, comme nous avons voulu garder un style élevé, voire grandiose, nous avons conservé les -e- caducs. Dans ce cas, même si les deux temps forts du crétique tombent sur des voyelles éventuellement accentuables, la diction est forcément très artificielle, fortement régulée par la cellule rythmique — et toujours un peu mélodique — que le crétique impose : [TAMtaTAM-TAMtaTAM-TAMtaTAM…] :

Face à face, on voyait deux armées déployées,
hommes serrés en rangs, lances dressées en rangs ;
nous nous rangeâmes, comme on se range en soldats ;

Mais cela nous a été d'autant plus faisable dans les bacchées que nous utilisons la variante septentrionale du français, qui, en faisant disparaître les -e- caducs, peut proposer des accumulations de consonnes et de syllabes fortes qui n'alternent pas systématiquement avec des syllabes faibles… parce que les syllabes faibles sont en bonne partie éradiquées ! Ainsi, on retrouve des syllabes fortes de leurs consonnes en nombre, à l'exemple des syllabes longues par position du latin, alourdies de leurs consonnes, comme le disent les anglophones. Il s'agit ici d'Amphitryon qui s'emporte contre Sosie, quand celui-ci se prétend dédoublé :

Tu os's, têt / à torgnol's,/ te moquer/ de ton maîtr'?
Tu os's, tor/gnolard, dir'/ ce qu'on n'a / jamais vu,
ce qui n'peut / pas être, en / racontant / qu'en mêm'temps,
un même homm' / se trouv'rait / en deux lieux, / dédoublé !

Quoi qu'il en soit de la convergence relative entre l'accent naturel et l'accent métrique [taTAMTAM-taTAMTAM...], le bacchée ne tiendra ici que s'il est chanté et dansé : la suspension du pied — celui qui a des orteils ! — est un auxiliaire précieux de la suspension du rythme et donc de la syllabe.

IONIQUES MINEURS ET MAJEURS

Les ioniques mineurs commencent par deux brèves, pour « monter » vers deux longues : [˘˘——] ; les ioniques majeurs commencent par les deux longues, pour « descendre » sur deux brèves : [——˘˘]. On les obtient à peu près de la même façon que bacchées et crétiques : convergence relative avec le rythme naturel d'une langue relâchée, chant et danse :

SOSIE *Mai-ais pourquoi que vous dit^{e}s ça ? Moi j^{e} suis en form^{e} ; pour ma têt^{e}, bah,*
ça va très bien, et ça tourn^{e} droit, Amphi...
AMPHITRYON *Hon... moi, c^{est}t aujourd'hui, qu^{e} j^{e} vais*
te payer, s^{e}lon ton mérit^{e}, pour qu^{e} ta caboch^{e} tourn^{e}
un peu moins droit, et très bientôt...

Raffinements

Souvent le poète latin « monnaye » une longue en deux brèves ; nous nous sommes retenus de le faire aussi souvent que lui… de peur de faire perdre le rythme à nos acteurs et à nos spectateurs. Mais nous l'avons proposé çà et là, pour obtenir une asez plaisante variété, même si elle reste sans doute trop rare. Ainsi dans les crétiques de Sosie, un crétique [—˘—] peut-il être remplacé par un « péon quatrième » [˘˘˘—] :

Hors des rangs,/ les gén*éraux / sortent en / même temps ;*

Ajoutons que l'ionique majeur peut se trouver chamboulé, redistribué sous forme d'une dipodie trochaïque [—˘—˘], ou bien amputé de ses deux brèves à la fin d'un vers dans ce qu'on appelle la catalexe[3] :

Sans cesse, la / nuit, comme le / JOUR, COURIR, ET / DANSER […]

Enfin, on trouve dans l'*Amphitryon* quelques rares anapestes, assez faciles à rendre dans notre français qui se précipite vers la fin des groupes, puisqu'il s'agit de deux brèves suivies d'une longue [˘˘—] :

Ces reproch', / ce s'rait just', / si vraiment / j'me moquais !

Placés au beau milieu d'une abondance de bacchées, ils seraient déclamés comme tels sans l'indication musicale qui les précède. Mais l'alternance de phrasé

3. Ainsi, le pied final d'un vers « catalectique » est incomplet.

qu'ils créent avec les bacchées qui suivent, avec le même nombre de syllabes et le même nombre de pieds, pour dire à peu près la même chose, nous paraît du meilleur effet, pour en rajouter sur le caractère plaintif de la première longue :

[Anapestes] *Ces reproch', / ce s'rait just', / si vraiment / j'me moquais ! /*
[Bacchées] *C'est vrai, quoi, / je mens pas : / j'dis seul'ment / c'que j'ai vu !*

Après lui avoir demandé son indulgence pour l'incohérence de nos divers codages typographiques, destinés aux acteurs, reflet de l'évolution du travail dans le temps, il ne nous reste plus qu'à souhaiter à notre aimable lecteur bonne lecture... et bonne danse !

NOTE SUR LA TRADUCTION

Nous avons utilisé l'édition qu'Alfred Ernout en 1932 du texte de Plaute, publiée aux Belles-Lettres, dans la *Collection des Universités de France*. Pour la métrique, nous avons pu consulter aussi l'édition de Lindsay, publiée en 1903 par Oxford University Press dans la collection des *Oxford Classical Texts,* ainsi que *Music in Roman Comedy*, de Timothy J. Moore (Cambridge University Press, 2012), qui livre aussi un site très complet : *The Meters of Roman Comedy* (romancomedy.wulib.wustl.edu).

Les premiers vers du prologue de Mercure ne sont pas traduits vers à vers ; ceux qui souhaitent en lire une traduction plus littérale la trouveront sur www.homeros.org, où nous donnons une version bilingue de l'ensemble du prologue.

Le lecteur remarquera sans doute aussi que certains vers sont dépourvus de numérotation : c'est qu'ils ont été interpolés par le traducteur.

Distribution des rôles 2014-2019

L'*Amphitryon* de la troupe Démodocos a été créé en mars 2014, à l'occasion du festival des Dionysies, au réfectoire du couvent des Cordeliers à Paris, dans une mise en scène de Philippe Brunet, avec des masques de Guillaume Le Maigat, des chaises d'Igor Chelkovski et des costumes de Fantine Cavé-Radet. Repris régulièrement pour les Dionysies, il a triomphé aussi à Argentomagus, à Vaison-la-Romaine, à Clermont-Ferrand et Versailles.

Alcmène	Florence Phalempin, Saraé Durest, Fantine Cavé-Radet
Bromie	Fantine Cavé-Radet, Saraé Durest
Mercure	Daniel Rasson, Kévin Bhaugeeruty
Sosie & Bonneuil-Piedhmer	Hubert Devos
Amphitryon & Jupiter	Nicolas Lakshmanan-Minet

Prologue de Mercure

Sénaires iambiques

MERCURE — Voilà un bon, un vrai public, voilà des gens
qui ne pensent pas qu'à l'argent, des gens qui ne se laissent jamais
prendre par la pub, Samsung, Apple et compagnie,
qui aiment payer beaucoup d'impôts, ne cherchent pas toujours
les bonnes affaires, ne perdent pas leur temps sur internet,
méprisent la société de consommation avec
humour, ne cherchent pas les privilèges, ne veulent pas d'heures sups
et pensent que leur seule richesse, c'est leur culture, c'est leur
respect pour toutes les différences, des vrais gens qui
ne s'agripperont pas en égoïstes à leur pouvoir
d'achat. Vous vous moquez des fausses valeurs des gens
qui ne s'occupent que de leur porte-monnaie, que de l'image qu'ils
renvoient; en somme, vous n'avez pas besoin du dieu
de la société de consommation, des stocks-options,
des gros salaires et des profits, de la com' et des
médias... de l'art de faire avaler n'importe quoi à n'importe qui... Mais bon... gagner deux ou trois cents euros
en plus chaque mois, pour les vacances, ça ne ferait pas de mal.
Et puis tu es bien content de lui faire gober deux-trois
gros mensonges de temps en temps, à ton patron, à ton

bonhomme, à tes élèv^{e}s, ou aux inspecteurs des
impôts... Pour ça, j^e suis bien util^e parfois : c'est moi
qui vous arrang^e tout ça... si j^e le veux bien. Alors
j^e crois qu^e vous auriez tout intérêt à écouter
notr^e comédie, à la juger sans préjugés.

Maint'nant, j'vais vous l'avouer : c'n'est pas d'mon propre chef
que j'suis v'nu là. J'ai un patron pas arrangeant ;
c'est l'grand patron des grands patrons, un vieux sorti
du fond des noirs abîm's d'l'époqu' des religions
où les humains croyaient encore aux vieux bobards...
Moi-mêm', j'n'y croyais plus vraiment... mais quand sa voix
sortie d'null'part, profonde et rauque, m'a soufflé ça
dans les oreill's : « Je suis ton père », j'étais soufflé,
tout foudroyé. Bon, j'vous racont'rai pas tout c'qu'il
m'a raconté, j'vous dirai just' qu'mon père c'est l'djeu
du ciel, d'la foudre et du tonnerr', ZEUS-Jupiter !
Et moi j'suis l'malin des malins, j'suis l'embrouilleur
en chef, l'seul dieu antique et moderne à la fois :
On m'nomm' MERCUR' ; j'suis l'dieu du fric, du baratin.

Ah ! j'vois qu'maint'nant, vous m'écoutez attentiv'ment.
D'accord. Alors, c'que j'ai à dir', maint'nant, je l'dis.
Quand j'l'aurai dit, j'vous résum'rai la tragédie...
Ça y est, j'en vois qui s'mett'nt à froncer du sourcil,

parç'que j'ai dit « la tragédie ». Ça vous fait peur ?
OK, ya pas d'problèm' : comm' j' suis un dieu, je peux,
si vous voulez, la métamorphoser d'un coup
en comédie, sans en changer pas même un vers.
Alors, c'est oui, ou non ? Mais j'suis un beau crétin...
j'oublie qu' je suis un dieu, qui vois dans vos cerveaux :
j'sais bien ç'qui s'vend, quel genr' de films vous aimez voir
en douç' sur internet, mêm'si vous prétendez
n'écouter qu'Franç-culture et n'regarder qu'Arte :
Vous n'avouerez jamais qu'vous adorez Bigard.
Donc j'vais mixer l'tragique au comique, mes cocos :
vous racont'rez à vos amis qu'vous avez vu
un' pièç' latin' bell' comm' l'antiqu', qui chang^{e} des films
américains qui flatt'nt les bas instincts humains,
des gens qui sav'nt s'tenir, à l'esprit bien tourné
un^{e} princess' fill' de princ^{e}', des dieux d'l'antiquité.
Et sur fac^{e}book, vous évoqu'rez un' poésie
subtile et raffinée et novatriç' et pleine d'esprit.
Et comm' de beaux acteurs y dans'nt si gracieus'ment,
ce s'ra, coco, un' bonn' tragicocomédie.

Maint'nant, mon pèr' m'a transmis d'autres instructions :
il faut d'abord que sur chaqu'siège, des inspecteurs
inspect'nt chaqu' spectateur méticuleusement.
S'ils vienn'nt à débusquer la claqu' de nos enn'mis,

ils arrach'ront leurs vest's, leurs jup's, leurs pantalons.
Si l'on découvre une misérabl' cabal' d'acteurs
qui trich'nt pour êtr' la nouvell' star, en inondant
leur claqu', leur cliqu' d'cadeaux, d'bisous, d'textos, d'e-mails,
qu'ils soient punis exactement comm' les mignons
du princ^e bardés d^e matraqu^{e}s, d^e pass^{e}ports pour négocier
leurs p^{e}tit^{e}s affair^{e}s, ou comm^e tous ceux qui vol^{e}nt l'État !
Ou plutôt non... ceux-là ne risquent rien du tout ;
Mais vous, vous n'êt's pas comm' tous ces bonimenteurs :
Vous êt's les plus grands séducteurs : les french lovers,
parc^e que vous savez être ardents avec talent ;
Eh bien, ce devrait êtr' pareil pour les acteurs :
il faut rivaliser d' talent, et non d'piston.

Et donc il m'a aussi confié cett' mission-là :
il faut qu'il y ait des inspecteurs pour les acteurs ,
pour déchiqu'ter les costum's et le postérieur
de ceux qui s'pay'nt une claque pour être ovationnés,
ou pour huer et chahuter un concurrent.
Et n'allez pas vous étonner que Jupiter
dieu du tonnerr', se soucie maint'nant des acteurs.
En fait, Jupiter va mêm'jouer cette comédie...
Hein ? Vous vous étonnez ? Comm' si c'était nouveau
qu'un dieu d'l'Olympe vienn' jouer la comédie !
Hier encor sur cett' scène, ici-même, j'ai vu

Dionysos en personn' jouer dans un' tragédie
Et mêm' j'ai entendu qu'il avait aussi joué
une comédie aux coass'ments très batraciens.
Eh bien ce soir, c'est Jupiter lui-mêm' qui joue;
et moi aussi, je joue. Maint'nant, écoutez-moi :
j'vais vous fair' l'résumé de notre comédie.

La ville, ici, c'est Thèb's; dans cett' demeure-là
habite Amphitryon, Argien venu d'Argos.
Il a pour femme, Alcmène, la fille d'Electrus;
Amphitryon est l'général en chef d'l'armée
Thébain' partie fair' la guerre aux Téléboens.
Avant son départ pour l'armée, il a pris l'temps
d'arrondir l' ventre de sa femme, en bon époux.
J' crois qu' vous savez, à propos de papa, quelle est,
chaqu' fois, la vigueur foudroyant' de ses désirs,
comme ell' le porte toujours vers de nouveaux plaisirs.
L'mari parti, mon père est donc dev'nu l'amant
d'Alcmène, qu'il a comblée d'plaisirs avec ardeur.
Son ventre est maint'nant plein du fruit de leurs amours.
Maint'nant, Alcmèn', comm' vous l'avez compris déjà,
est gross' des deux, de Jupiter et du mari.
Et là, mon père couche avec Alcmène là-dedans;
on a donc fait une bonn' rallonge à la nuit, pour
qu'il jouisse plus longtemps d' l'objet de son désir.

En outr’, ne vous étonnez pas d’ l’accoutrement
qu’je porte ici, celui d’un esclav’ d’aujourd’hui :
je modernise un peu de vieilles vieilleries ;
d’où l’choix de mon nouveau costume, si seyant.
Et donc mon père Jupiter est là-dedans ;
il s’est emparé d’ l’apparenç’ d’Amphitryon,
et tous les esclav’s qui l’voient le prennent pour lui :
C’est un caméléon quand il est plein d’ardeur !
Et moi, j’ai pris l’imaj’ de son esclav’, Sosie,
lequel est à la guerre avec Amphitryon,
et j’vais aider papa du mieux que je pourrai,
il faut d’abord que personn’ ne s’ demand’ qui j’suis :
comme ils m’ont vu aller et v’nir chez eux — ici —,
ils vont s’imaginer que j’suis esclav’ comme eux ;
on n’viendra pas me demander ce que j’fais là.
Là, en ç’moment, mon père agit, à sa façon —
il enlace, embrasse, emballe cell’ qui l’embrasait.

La guerr’ que l’autre a fait^{e} là-bas, c’est papa qui
la conte à Alcmène, qui croit que cet amant,
c’est son mari : et là, maint'nant, le paternel
racont’ comment il a mis en dérout^{e} l’enn^{e}mi,
quel beau butin et quels trophées il a gagnés ;
lesquels trophées, qu’Amphitryon a r’çus là-bas

sont dans nos mains : mon père, il peut fair' tout ce qu'il veut.
Mais aujourd'hui Amphitryon, le vrai, revient
d' l'armée, avec Sosie, celui dont j' porte les traits...

Et pour que vous puissiez nous distinguer les uns
des autr's, j'aurai sur le melon ces plumett's-là,
tandis que pour papa, ce s'ra, vous l'verrez bien...
que lui n'est pas frustré comm' l'est Amphitryon.
Vous seuls, en vérité, pourrez nous distinguer :
aucun des gens d'ici n'verra nos « distinctions ».

Lumière nuit progressivement

Mais voici v'nir l'esclav' d'Amphitryon, Sosie ;
là-bas, il r'vient du port avec un beau lampion.
J'y vais ! Il faut qu'j'l'empêch' d' rentrer à l'intérieur !
Profitez-en ! Un tel spectacle, ça vaut l' coup :
Mercure et Jupiter qui jouent les histrions !

Première partie : les deux Sosie

Premier tableau : Sosie ne voit pas Mercure

Mercure *(au lointain, sur le toit)*

Sosie, *arrive par la passerelle, face*

Iambiques octonaires

C'est qui l' plus courageux de tous / les homm's ? C'est qui l' plus audacieux ? 153
qui n'a pas peur des p'tits voyous, / en plein milieu d' la nuit ? Bibi ! 154
Mais si la poliç' m'arrêtait / et me jetait au fond du trou ? 155
Demain, ils m'tir'ront du frigo / pour m' dépecer et m' désosser ! 156
Sans me permettr'de dire un mot / ni d'faire appel à mon patron ; 157
Et j'n'aurai plus personn' pour me / défendre lorsque, tous en chœur, 158
huit malabars vont marteler / mon pauvre dos martyrisé. 159

Ioniques mineurs

Et voilà l'accueil / triomphal, lorsqu'/on revient, bien épuisé, dans / 161
sa maison ! Moi, pour son petit / plaisir, je suis / 162
dehors, 163

Bacchées

jeté dans la nuit noire, éjecté du bâteau malgré moi. 164

Ioniques majeurs

Est-c' qu'il n'aurait / pas pu m'expé/dier là dans la /journée ? 165
Etre au / service d'un / homm' riche, c'est / trop dur ! 166
Esclave d'un / grand homme, c'est / l'enfer : 167

Sans cesse, la / nuit, comme le / jour, courir, et / danser,
chanter, en/cor, toujours ; ja/mais une heur' pour / dormir !
Et *de l'au*tre cô/té, sans s'épui/ser, tranquill', le / grand chef
invente n'im/porte quoi et / s'imagine / qu'on peut,
qu'on doit réa/liser ses ca/prices, immé/diat'ment.

Bacchées
Et lorsqu'il commande, il ne veut pas savoir si
c'est bien ou ça fait mal ; en tout cas, c'est pas bon
de rester un esclave ici, pour travailler.

MERCURE
C'est plutôt moi qu'il faudrait plaindre : hier soir, j'étais libre,
et maint^{e}nant, j^{e} suis esclave,
travesti, domestiqu^{e} de papa…
pour entendre un larbin de naissance gémir !

SOSIE
J'suis bien larbin, gibier d' gibet ! / C'est vrai : j'ai jamais, jusque-là
Iambiques octonaires
pris l'temps d' récompenser les dieux / pour leurs bienfaits, pour mon retour !
Et si leur v'nait, bons dieux ! l'idée / de m'envoyer, comm' châtiment,
un homm' qui m' labour'ra la faç' / et m'boxera consciencieus'ment,
parc' que, tout l' bien qu'ils m'ont donné, / j' l'ai pris sans dir' jamais merci !

MERCURE
Ç^{el}ui-là, c^{e} n'est pas n'importe qui : / il s^{e}jug^{e} lui-même excellemment !

SOSIE
Personn' dans notre armée, ni moi / non plus, n'avait imaginé
qu'ça arriv'rait, rentrer vivant / à la maison… c'est arrivé !

L'enn'mi vaincu, l'armée revient / victoryeus'ment dans sa patrie;
la « grande guerre » est terminée, / l'enn'mi est complèt'ment détruit;
La caus' de tant de pleurs, de tant / de sueur, de sang thébain versé,
leur citadell' maudite, elle est / réduite en cendr's par nos soldats,
dirigés par la sainte auto/rité d' mon maître Amphitryon.
Il ramène au peuple thébain /des femmes, de l'or, des boucliers,
qu'il a raflés là-bas pour ra/ffermir le trône du roi Créon.
Et moi, en arrivant au port, / il m'ordonna d'aller conter à son
épous' qu'il a mené l'armée / en chef, héros béni des dieux.
Maint'nant, faut réfléchir / avant d' la voir... Comment lui raconter ?
Quand eux s'battaient prodigieus'ment, prodigieus'ment, moi j'me planquais.
J' peux faire encor' comm' d'habitud'/, un beau mensonge à ma façon;
j'invent'rai tout comme il convient,/ mêm' si moi j'ai rien vu du tout :
d'un tel boucan mes deux oreill's / sont des témoins tout indiqués.
Mais j'vais d'abord choisir mes mots; / commençons donc par le début.
D'abord, tout d'suite, en arrivant / là-bas, à peine débarqué,
Amphitryon choisit parmi / ses officiers des députés,
qu'il envoie aux Téléboens / pour fair' connaîtr' sa position :
« Qu'ils livrent chacun des pillards / avec tout leur butin, de suit',
Qu'ils rend'nt c'qu'ils ont volé ; et sans / délai, il repliera l'armée,
et les Thébains laiss'ront leurs champs / en paix, et les laiss'ront tranquill's.
Mais qu'il leur vienne une autre idée, / et qu'ils s'avis'nt de refuser
Alors aussi tôt ses légions / raz'ront leur cité, sans pitié.
Quand l'ambassade eut restitué / ces mots aux fiers Téléboens,
Ceux-ci, trop sûrs de leur valeur, / de leur invincibilité,

213 invectivèr'nt les dé putés... / et osèr'nt mêm' se moquer d'eux :
214 « La guerr', répondir'nt-ils, saura / nous protéger et vous chasser;
215 ram'nez cett' belle armée chez vous / très vit' ; ou nous la massacrons. »
216 Quand il / eut en/tendu ceci, // Amphitryon fait sans délai
217 sortir du camp tout' son armée;/ face à eux, les Téléboens
218 se mett'nt en rang en s'pavanant / avec leurs hauts panaches blancs.

(Mercure s'approche peu à peu et dérobe quelques mots à Sosie)

219 *Crétiques* Face à face, on voyait deux armées déployées,
220 hommes serrés en rangs, lances dressées en rangs;
221 nous nous rangeâmes, comme on se range en soldats;
222 l'ennemi place ses escadrons face à nous.
223 Hors des rangs, *les gé*néraux sortent en même temps;
224 Ils s'avancèrent pour convenir de l'enjeu :
225 Ceux qui perdront le combat remettront aux vain-
226 queurs maisons, terres, et temples et Liberté !
227 Lorsque tout / fut fixé, / l'on fait *so*/nner les cors :
228 Longtemps on entend chanter la terre en écho,
229 Leurs clameurs par-dessus; *les gé*néraux invoquaient
230 Zeus Pater l'un et l'autre, exhortaient leurs soldats;
231 Chacun frapp'chacun tue, comme il peut, tant qu'il peut;
232 On s'élance, on fracasse, en hurlant, *les bou*cliers;
233 Et les cieux frémissaient, au-dessus d'un nua-ge'
234 Où se condensaient leurs souffles, leurs derniers cris.
235 Sous les coups tombent nombreux les morts transpercés.
236 Pour finir, nous l'emportons selon notre plan :

les ennemis tombent dru, et nous lançons l'assaut
victorieux, mais ils combattaient toujours debout :
pas un d'entre eux ne fuit; ils aimaient mieux la mort
et ne cédaient pas d'un pas.
Même morts, tous, ils gardaient leur poste, et leur rang.
Lorsqu'Am*phitry*on le comprit, de suite il lança
*ses ca*valiers sur la droite; ils le font, sans tarder :
par la droite, au galop, dans un grand hurlement,
un éclair, tout à coup, tombe sur l'ennemi.
Leur armée d'injustice est détruite, *ané*an*tie*
par le droit, enfin !

MERCURE, *sur le tréteau (iambiques octonaires)*

Bon, jus/que-là / il n'a /pas dit // le moin/dr**e** **pe/**tit mot/ d^{e} travers,
je peux vous l^{e} dire : avec mon pèr^{e}, / nous avons vu tout en direct.

SOSIE Alors l'enn'mi se précipi/te dans la fuite; c'est la curée !
Nos adversair's en fuite étaient /criblés de flèch's, de jav**e**lots;
Amphitryon lui-mêm' coupa / la gorg' de leur roi Ptérélas.
Ainsi r'tentit l' fracas des arm's / sur l'champ d' bataill' tout' la journée.
Moi, j'm'en souviens trop bien; c' jour-là, / ce jour maudit, j'n'ai rien / mangé !
Mais pour finir enfin cessa / l'combat par la grâç' de la nuit.
Le lend'main dès l'auror', les chefs en larm's s'présent'nt devant not' camp;
les mains voilées, il nous supplient / d'oubli/er les faut's du passé;
Ils livr'nt eux-mêm's, leurs dieux et tous / leurs biens, leur ville et leurs enfants,

sans conditions, à l'impérieux pouvoir du peupl' Thébain vainqueur.
Ensuite, Amphitryon reçut, pour sa bravoure, la coupe d'or
où Ptérélas trempait ses lèvr's. Voilà c'que j'vais lui raconter.
Maint'nant, obéissons aux ordres du patron : rentrons cheux nous.

Deuxième tableau : Sosie voit Mercure

Mercure et Sosie s'aperçoivent, mais ne se parlent pas directement

Trochaïques septénaires

MERCURE Âttention, d^{e} là-bas, il va v^{e}nir là ; allons l'intercepter : 263
Aujourd'hui, je n^{e} vais laisser personn^{e} rentrer dans ce palais !... 264
Puisque j^{e} suis à son imag^{e}, rions un peu à ses dépens. 265
C'est incontestable : comm' j'ai pris sa bouille et ses façons, 266
il convient aussi qu^{e} j'adopt^{e} ses indéniables qualités. 267
Donc, il faut qu^{e} **je** sois malin, rusé, et fourbe au plus haut point, 268
pour qu^{e} ses propres arm^{e}s, sa propr^{e} malic^{e}, l'expuls**e**nt loin d'ici. 269
Bon, mais qu'est-c^{e}qu'il manigance ? Il r^{e}garde en l'air. Voyons un peu. 270

SOSIE Hépollux, c'est sûr, y a rien que j'sach' de plus certain : voilà, 271
j'crois qu' grand-pèr' Nocturn' complèt'ment noir **ne** s'réveill'plus d'sa cuit'. 272
Là, les sept étoil's d'la grand' cass'rol' n'ont pas bougé d'un pouç', 273
Et... la lun' non plus n's'est pas remuée depuis qu'ell' s'est levée. 274
Et... Vesper, Orion, et les Pléïad's n' sont pas couchés non plus ; 275
Tout est immobile au ciel, null' part la nuit n'fait place au jour. 276

MERCURE Continue ainsi, la Nuit, tu fais plaisir à mon papa. 277
Merveilleus^{e} veilleus^{e}, veille en veilleus^{e} de Zeus : c'est bon pour toi. 278

SOSIE Moi, j'vous l'dis, jamais j'n'ai vu un' nuit qui dure aussi longtemps ! 279

Si : un' seul', que j'ai passée pendu au mur, fouetté au sang.
Mais elle est battue de loin, par cett'nuit-ci, pour la longueur !
Mon Pollux ! il dort encor, l'Soleil : il doit cuver son vin.
Ça m'étonn'rait pas qu'il ait un peu forcé sur l'digestif.

MERCURE Ah, vraiment, soiffard, tu t'imagin^{e}s les dieux à ton imag^{e} ?
J^{e} vais t'apprendre, mon crevard, à prendr^{e} les dieux pour des soiffards !
Viens par là, approch^{e}, tu vas bientôt connaître ta douleur.

SOSIE Où sont donc les amoureux des escort-girls, qui n'dorm'nt pas seuls ?
Car en v'la un' jolie nuit pour s'payer un' catin de lux' !

MERCURE Mon pater fait mieux que ç'la, en agissant avec bon goût :
Par amour, amoureus^{e}ment, il aime Alcmène en l'enlaçant.

SOSIE Pressons-nous un peu : il faut que j'donne l' messag' du patron.
Mais quel est cet homm' posté devant la porte ? Ça n'me plaît pas.

MERCURE Tiens, voilà l^{e} froussard en chef des grands froussards !
SOSIE Ça y est, j'comprends :
Ç'bonhomm'-là voudrait m'recoudr' mes cicatriç's à coups de bâtons.

MERCURE Il est terrifié : j^{e} vais m'amuser !
SOSIE J'suis mort : ça m'gratte aux dents
Il m'prépar' sans doute un comité d'accueil uppercutant.

C'est gentil, en fait. Il a compris que j'pass' la nuit debout
pour mon maître, et veut m'boxer pour m'endormir pendant le jour.
Ah ! J'suis mort et enterré ! Au s'cours, Hercul' ! Qu'il est costaud !

MERCURE Marmonnons un peu à claire et haute voix pour qu'il m'entend^e
C'est un bon moyen pour mieux terroriser l'hurluberlu.
On s'échauffe, les poings : ça fait longtemps qu'on a mangé du drôl^e,
beaucoup trop longtemps depuis les quatre plaisantins d'hier,
qu'on a bien cognés puis dépouillés.

SOSIE J'ai mal au foie, j'veux pas
m'transformer en plaisantin numéro cinq : j'm'appell' Sosie,
et pas plaisantin ! Monsieur l'cogneur bien dépouilleur, faut pas
castagner Sosie : quat', ça suffit.

MERCURE C'est bon, on peut y aller !

SOSIE Il met des braç'lets : y a plus de...

MERCURE On va prendre une bell^e volée !

SOSIE « On », c'est qui ?

MERCURE Le plaisantin qui vient ici mang^{e}ra du poing.

SOSIE Euh... très peu pour moi, à c't heur' ! J'ai d'jà mangé hier au soir;
ton dîner, donn'-le plutôt aux crèv'-la-faim qui traîn'nt dans l' coin.

MERCURE Et direct du droit dans l^e drôl^e !

SOSIE — J'serais détruit direct du droit !

MERCURE — Et... si j^{e} l'enchaînais du gauch^{e} ?
SOSIE — OK. K.-O., au moins j'pourrai
faire un bon p'tit somme : j'ai pas dormi depuis trois nuits.
MERCURE — Navrant !
Nous n^{e} démantibulons plus comme autrefois ; il faut toujours,
quand on cogn^{e}, recomposer un peu l^{e} minois de son patient !

SOSIE — C'bonhomm'-là veut m'ravaler et rénover l'visage en vrai !

MERCURE — Quand on cass^{e} correctement un^{e} gueul^{e}, on la désosse aussi.

SOSIE — Si j'ai bien compris, il veut, comme un' murèn', m'dévertébrer !
Ôtez-moi c'dévertébreur ! j'suis mort s'il peut m'apercevoir !

MERCURE — Ça sent l'homm' qui veut des coups...
SOSIE — Ça sent ?! J'ai rien lâché, pourtant.

MERCURE — Il n'est pas bien loin, mais il revient d'un long voyag^{e}, de loin.

SOSIE — C'bonhomm'-là, c'est un sorcier !
MERCURE — Vous frémissez bien fort, mes poings !

SOSIE — S'ils veul'nt s'entraîner, prends-l'mur comm' partenair' : j'ai pas l'niveau !

MERCURE J^{e} crois entendre un^{e} voix voler…

SOSIE Quell’ poiss’ ! Voilà qu’maint’nant
j’ai la voix qui vol’ comme un poulet; pourtant, j’vois pas ses plum’s !

MERCURE Sur son char, là-bas, un drôl^{e} vient réclamer sa p^{e} tit^{e} raclée…

SOSIE Mais arrêt’ ton char ! Moi j’suis à pied.

MERCURE Il faut l^{e} charger d**e** bons coups d^{e} poings !

SOSIE J’sors à pein’ d’un’ traversée horribl’, j’ai l’mal d**e** mer encor,
J’march’ pas droit, sans rien porter, et il voudrait m’charger en plus ?

MERCURE J’entends bien quelqu’un parler…

SOSIE Ouf, j’suis sauvé : il ne m’ voit pas :
c’est « quelqu’un » qu’il croit entendr’ ; c’est bon : « quelqu’un », c’est pas Sosie !

MERCURE On dirait qu^{e} la voix qui vole à mes oreill^{e}s chant^{e} par là-bas.

SOSIE J’ai bien peur qu’cett’ voix volant’ ne m’vale en r’tour un’ bonn’ volée.

MERCURE Excellent : il continue vers moi.

SOSIE J’suis tout carbonisé…
J’suis perdu… Pollux ! j’peux plus vous dire où j’suis dans l’univers !
Ah là là ! J’suis torréfié, j’suis tout moulu : j’peux plus m’bouger.

Circulez, tout est fini : Sosie est mort, l'message est mort !
Non ! C'est décidé, j'vais lui parler en homm' : j'suis courageux !
En tout cas, j'vais fair' semblant, pour qu'il s'abstienn' de m'taper d'ssus.

Troisième tableau : dialogue entre Mercure et Sosie

MERCURE Où vas-tu, toi qui enferm^{e}s Vulcain dans ton lampion cornu ? 341

SOSIE Tu l'demand's, toi qui désoss's la faç' des gens à coups d'coups d'poing ? 342

MERCURE Esclave, ou homm^{e} libr^{e}? 343
SOSIE Ben ça dépend si ça m'arrange ou pas.

MERCURE Ah, vraiment ? 344
SOSIE Vraiment.
MERCURE Toi, t^{u}es vraiment frappé !
SOSIE Non, pas encor'.

MERCURE Ça va v^{e}nir, ne t'inquièt^{e} pas ! 345
SOSIE Non, non, n'vous donnez pas la pein'.

MERCURE Puis-j^{e} savoir c^{e} que tu fais là, d^{e} la part de qui, où tu t'en vas ? 346

SOSIE J'vais là-bas, d'la part de mon patron ; vous êt's content ? 347

MERCURE Tu vas voir, j^{e} m'en vais t^{e} la fair^{e} hurler, ta langu^{e}! 348
SOSIE Ell^{e} n^{e} dira rien :
Elle est chaste, pudique et bien él'vée. 349
MERCURE On veut discutailler ?...
Tu n'as rien à faire ici, j'te dis ! 350

SOSIE — Dis-moi c'que toi tu fais ici !

351 MERCURE — J^{e} suis la sentinell^{e} de nuit qu'a désignée le roi Créon.

352 SOSIE — C'est très bien d'avoir veillé en notre absenç' sur la maison ;
353 mais tu peux y-aller maint'nant : j'suis l'gard' du corps du grand patron.

354 MERCURE — Toi, un gard^{e} du corps ? Tu vas garder ton corps en… dégageant :
355 j^{e} t'en gard^{e} deux ou trois au chaud qui tienn^{e}nt aux corps des gard^{e}s du corps !

356 SOSIE — C'est ici, j'te dis, qu'j'habit' ; j'y suis esclav' !

MERCURE — Eh bien, bientôt,

357 Tu pourras te prélasser en sénateur…

SOSIE — Et comment ça ?

358 MERCURE — Si tu n^{e} décamp^{e} s pas bientôt, j^{e} vais t'allonger sur un^{e} civièr^{e}.

359 SOSIE — Mais j'te dis qu'je suis un domestiqu' domicilié ici !

360 MERCURE — Comprends-tu qu^{e} tu vas voler si tu n^{e} prends pas ton vol tout seul ?

361 SOSIE — Vous n'me laissez pas rentrer chez moi au r'tour d'un long voyag' !

362 MERCURE — C'est ici, chez toi ?

SOSIE — Ben oui.

MERCURE — Et donc, ton maîtr^{e}, dis-moi, c'est qui ?

363 SOSIE — C'est l'grand général d'la grande armée thébaine : Amphitryon,

digne époux d' la reine Alcmèn'. 364

MERCURE Plaît-il ?... Et toi, quel est ton nom ?

SOSIE J'suis Sosie, le fils de mon pèr', Môssieur Sosie de Davovitch. 365

MERCURE J^e n'y crois pas ! Monument d'impudenc^e, tu mens par goût des coups ? 366

Tu viens là pour t^e fair^e frapper, monsieur l^e fourbu en fourberies ? 367

SOSIE Non, c'est pas mes fourberies qui sont fourbues, c'est just' mes pieds. 368

MERCURE Just^e tes pieds ? Tu mens encor^e : regard^e ton dos : il est fourbu. 369

SOSIE Ben, mon dos, ça va. 370

MERCURE Et là, ça va toujours, monsieur Menteur ?

SOSIE Ça va pas ?! Faut pas m'frapper ! 371

MERCURE Ça va très bien pour moi, merci !

Je l^e dis pas par politess^e, mais t^e taper d^{e}ssus me fait du bien ! 372

SOSIE J'vous en prie, pitié ! 373

MERCURE Os^{e}s-tu prétendre être un Sosie comm^e moi,

j'en suis un ? 374

SOSIE J'suis mort !

MERCURE Bientôt tu vas mourir un peu plus fort

Qui c'est, ton patron ? 375

SOSIE C'est vous ! j'vous appartiens par l'droit des coups...

376 Citoyens de Thèbes ! A l'aid' !

MERCURE Tu veux encor^{e} crier, crevur^{e} ?

377 Parl^{e} : pourquoi t^{u} es là ?

SOSIE Pour qu'vous ayez quelqu'un sur qui frapper !

378 MERCURE Et ton maîtr^{e} ?

SOSIE Amphitryon, patron d'Sosie.

MERCURE Dans ç^{e} cas, il faut,

379 mon mignon, doubler la dos^{e} **de** coups. C'est moi, Sosie, pas toi.

380 SOSIE Si les dieux voulaient qu'y soit Sosie ! c'est moi qui s'rais l'cogneur !

381 MERCURE Tu marmonn^{e}s encor^{e} ?

SOSIE J'me tais.

MERCURE Qui c'est ton maîtr^{e} ?

SOSIE Qui vous voudrez.

382 MERCURE Et alors ? Ton nom ?

SOSIE A votre guis' ; Personn', si vous voulez.

383 MERCURE Tu disais...tu es... « Sosie d'Amphitryon » ?

SOSIE J'm'avais gouré :

384 J'voulais dir' en fait qu'j'étais... qu'j'étais... Riton les Sauziç's frit's.

385 MERCURE J^{e}savais bien qu'aucun deuxièm^{e} Sosie n'était esclav^{e} chez nous.

386 Il est complèt^{e}ment à l'ouest !

SOSIE Ah ! si ses poings y étaient aussi !

MERCURE Tout à l'heur^{e}, tu m^{e} racontais qu^{e} t^{u} étais « Sosie »... Sosie, c'est moi.

SOSIE S'il vous plaît, permettez-moi d'parler un peu sans prendre un coup...

MERCURE Bon, j^{e} t'accorde un armistice afin qu^{e} tu fass^{e}s un beau discours.

SOSIE J'pourrai pas parler sans garantie : vous castagnez trop fort.

MERCURE Parl^{e}, j^{e} te dis : je rang^{e} mes poings.
SOSIE J'ai vot' parol' ?
MERCURE Tu l'as.

SOSIE Et... si vous m'trompiez ?
MERCURE Dans c^{e} cas, Mercur^{e} viendra pour toi, furieux.

SOSIE Ecout'-moi : maint'nant, j'peux dir' c'que j'veux, franch'ment et tranquill'ment.
J'suis l'esclav' d'Amphitryon.
MERCURE Encor^{e} ?
SOSIE C'est la vérité vraie !
J'ai un' garantie, un armistice, et tout est vrai.
MERCURE Prends ça !

SOSIE C'est comm'vous voulez, à votre guis', c'est vous l'cogneur en chef !
Mais, Dercul', quoiqu'vous fassiez j'pourrai jamais, me tair' là-d'ssus.

MERCURE Moi vivant, j^{e} te jur^{e} qu'jamais tu n^{e} m'empêch^{e}ras d'être Sosie.

SOSIE Troupollux, c'est vous qui n'pourrez pas m'voler mon nom, Sosie !
Et chez nous, ya pas d'Sosie à part l'Sosie que j'suis d'vant vous.
[401]
MERCURE Il est bien atteint d^{e} la têt^{e} !
SOSIE C'est vous qui êt's atteint, Môssieu !
C'est pas moi, Duchmol, qui suis Sosie, l'esclav' d'Amphitryon ?
Et cett' nuit, du port Persiq', il n'est pas v^{e}nu une nef à nous,
qui nous transportait ? Et mon patron n'm'a pas fait v'nir ici ?
Là j'suis pas debout en faç' de not' maison ? J'port' pas d'lampion ?
Là, j'parl' pas ? J'suis endormi ? Ç't homm'-là n'm'a pas roué de coups ?
C'est un fait, Durcul', j'ai mal à la mâchoir', j'ai mal partout.
Pourquoi donc douter de moi ? C'est décidé : rentrons cheu nous.

MERCURE Quoi ? Chez VOUS ?
SOSIE Ben oui, cheu nous.
MERCURE Depuis l'début de ton récit,
Sans arrêt, tu mens ; c'est moi qui suis Sosie d'Amphitryon !
Et c'est notre nef qui leva l'ancr^{e} cett^{e} nuit du port Persiq ;
Et c'est nous qui avons pris sa citadelle à Ptérélas,
qui avons vaincu l'armée téléboenne en conquérants.
Et... Amphitryon décapita leur roi dans la mêlée.

SOSIE Mais j'peux plus moi-mêm' me croire : il a tout raconté nickel ;
Tout c'qui s'est passé là-bas, il le rapport' très fidèl'ment.
Mais... quel fut l'trophée offert par les vaincus à notre chef ?

MERCURE Une coupe d'or, celle où trempait ses lèvres Ptérélas.

SOSIE Il sait tout !.. Maint'nant, où est la coup' ? 420

MERCURE Dans un coffret scellé

Par le sceau d'Amphitryon. 421

SOSIE Dis-moi c'que représent' ce sceau.

MERCURE Un soleil levant avec son char. Tu veux m'piéger, Duplouc ? 422

SOSIE L'argument est convaincant : il faut qu'j'me cherche un autre nom. 423

D'où ? qu'il sait tout ça ? J'sais pas. Comment j'pourrais l'piéger ? 424

Quand j'étais tout seul avec moi-mêm', là-bas y avait personn', 425

dans la tente : c'que j'y ai fait, personn' n' pourra jamais le dir' ! 426

Sî tu es Sosie, quand la bataille faisait rage, dis-moi : 427

Sous la tent', que faisais-tu ? Si tu réponds, j'm'avoue vaincu. 428

MERCURE D'un tonneau de vin, j'me suis rempli une outre... 429

SOSIE Ça, c'est pas faux.

MERCURE ...une belle outre de vin bien pur et j'ai tout bu comme un bébé. 430

SOSIE C'est la pure vérité : j'l'ai bien vidée comm' du p'tit lait... 431

Mais, comment l'sait-il ? Est-c'qu'il était là-bas dans la bouteil' ? 432

MERCURE Bon, alors, mes arguments t'ont convaincu ? Es-tu Sosie ? 433

SOSIE Moi, tu dis que c'est pas moi ? 434

MERCURE Puisque c'est moi, ce n'est pas toi.

SOSIE Zeus Pater ! C'est moi, je l'jur', j'mens pas, c'est moi, je n'mens jamais.

MERCURE Moi, c'est par Mercur^{e} que j'jur^{e} que Jupiter ne te croit pas ;
j^{e}crois qu'il croit un p^{e}tit peu plus à mes jurons qu'à tes serments !

SOSIE Si j'suis pas Sosie, j'suis qui ? J'voudrais l'savoir ; dis-moi mon nom !

MERCURE Quand j'voudrai n^{e}plus êtr^{e} Sosie, tu s^{e}ras Sosie comm^{e} tu voudras ;
Là, c'est moi, et quand c'est moi, tu n'as pas d^{e}nom... ou t^{u}es cogné !

SOSIE Dieupollux ! c'est sûr, quand j'l'examin', que j'vois l'allur' que j'ai,
Mes manièr's à moi (j'me suis souvent r'gardé), lui, c'est tout moi.
Son melon, pareil, l'habit, pareil ; 'l est tout pareil à moi...
Tout : la jambe et l'pied, la taill', les ch'veux, les yeux, la lèvre et l'nez ;
la mâchoir', l'menton, la barbe et l'cou, tout, quoi ! Y a rien à dir' :
Si son dos est tout cicatrifié, Ya pas meilleur pareil !
Mais, si j'réfléchis, j'suis bien toujours l' mêm' homm' qu'j'étais, avant :
j'sais qui c'est, l'patron de cett'maison ; j'rêv'pas, et j'suis pas fou !
Non, n'écoutons rien de c'qu'il raconte ; il faut que j'frappe à notre port'.

MERCURE Où vas-tu ?
SOSIE Chez moi.
MERCURE Mêm^{e} en montant maint^{e}nant dans l^{e} char de Zeus,
Pour t'enfuir, je crains quand mêm^{e} qu^{e}t'aurais du mal qui fait bien mal !

SOSIE Mais... j'ai l'droit d'donner l'messag' de mon patron à ma patronn' !

MERCURE Â la tienne ? Autant que tu veux... Mais à la nôtre, pas question !
Et, si tu m'agaces, en petits morceaux, je m'en vais tevertébriser !

Sosie s'enfuit par la passerelle, poursuivi par Mercure — Retour dansant de Sosie

SOSIE Je mets les bouts ! Dieux immortels, vous savez tout sur tout ?
Dites : où ceque je suis mort ? Où je fus contréchangé ? Ma gueule à moi,
Oui, ma gueule : mais où est-ce qu'elle est ma gueule ? Je l'ai oubliée là-bas ?
Ben ce bonhomme-là, toute ma belle gueule qui était à moi, maintenant, il l'a !
Moi, vivant, faudrait que je vive ce que je vivrai pas même quand je serai mort !
Je vais au port, et puis je raconte tout en détail à mon patron
Et... si lui aussi n'allait pas me reconnaître ? Par Jupiter !
C'est le bonheur ! Je me rase le crâne, je mets le bonnet rouge et puis : *adios* !

Interlude de Mercure

sénaires iambiques

MERCURE Parfait. Tout ça de mon côté s^{e} déroul^{e} très bien.
J'ai dégagé c^{e} p^{e}tit plaisantin, c^{e} gros déplaisant
pour que sans gên^{e} papa caresse sa jolie
Là-d^{e}dans. Et lui, là-bas, il va r^{e}trouver son chef,
lui raconter qu^{e} « l'esclav^{e} Sosie » l'a dégagé
d'ici ; du coup lui croira que lui lui ment à lui,
et n^{e} croira pas qu'il est v^{e}nu là comm^{e} c'était dit.
Moi, cett^{e} pair^{e}-là, j^{e} vais vous l'enduire d'erreur et de
délire, et tout^{e} la maisonnée d^{e} cet Amphitron,
jusqu'au trop plein d^{e} plaisir qu^{e} va prendr^{e} mon père avec
cett^{e} jolie-là qu'il aime ; après seul^{e}ment, ils vont
comprendre. Et pour finir Alcmèn^{e}, par Jupiter,
sera ram^{e}née dans l'amitié de son mari.
Bah ouais : votre Amphitron va s'exciter sur son
épouse et la traiter comme un^{e} traînée ; alors
mon père apaisera la guerr^{e} civile, enfin.

Maint^{e}nant, Alcmèn^{e} : je n'ai pas tout dit sur elle encor.
Ce soir, ell^{e} va nous enfanter deux fils jumeaux —
l'un qui va naîtr^{e} neuf mois après qu'il eut été
conçu, et l'autre après seulement six mois ; il y en

a un d^{e} votre Amphitron, et l'autr^{e} de Jupiter.
Mais l^{e} plus petit des deux a l^{e} père l^{e} plus grand des deux ;
et pour l^{e} plus grand, le plus petit. C'est clair pour vous ?
Mais pour qu'Alcmèn^{e} sauv^{e}garde son honneur, papa
a bien pris soin qu'il n'y ait qu'un accouch^{e}ment, d'un coup
d'un seul, qu'ell^{e} se délivre ensembl^{e} des deux fardeaux,
qu'on n^{e} l'accus^{e} pas d^{e} s'être vautré dans la
luxur^{e}, qu^{e} sa relation cachée reste un secret.

Quoique... comm^{e} j^{e} vous l'ai dit en long, votre Amphitron
l^{e} saura en large et en travers. Et puis ? Où est
le crim^{e} d'Alcmène ? Il s^{e}rait injuste d^{e} la part d'un dieu
que d'accepter que son péché, sa faute à lui
puiss^{e} retomber sur un^{e} mortelle – une si jolie !
Mais brisons-là. J'entends du bruit en bas : on sort.
Voilà : c'est la sortie d^{e} notre Amphitron à nous,
avec Alcmène, son épous^{e} pour le plaisir.

Deuxième partie : retour d'Amphitryon

Premier tableau : Jupiter, Alcmène, Mercure

Jupiter et Alcmène sur le tréteau (Mercure sur la passerelle)

JUPITER
Mon Alcmène, adieu, ma bonne épouse, gardienne du foyer.
Mais... prends soin de toi : tu n'es pas loin du terme, et ça se voit !
Moi, je dois partir ; c'est toi qui béniras ce qui naîtra.

ALCMÈNE
Qu'est-ce donc, mon mari, qui peut ainsi, te faire, si brusquement,
fuir d'ici ?

JUPITER
Je préfèrerais rester chez nous auprès de toi.
Mais, tu sais, quand le général en chef s'absente, dans une armée,
On s'habitue vite à faire n'importe quoi n'importe comment.

MERCURE
Il n'ya pas de Tartuffe plus talentueux que mon papa à moi !
Observez comme il caresse et flatte la femme en connaisseur.

ALCMÈNE
Hâcastor, je sais surtout que je n'importe pas pour toi...

JUPITER
Ne t' suffit-il pas d'être entre toutes les femmes ma préférée ?

MERCURE
Hôpollux, si madame Jupiter savait ce qui se passe ici,
J'en suis sûr, tu regretterais de n'être pas Amphitryon...

512 ALCMÈNE Pour la chos^e, j'aim^e mieux en jouir vraiment qu'en ouïr le souvenir...
513 **Tu** t'en vas avant d'avoir chauffé la plac^e dans notre **lit** !
514 **Tu**, arriv^{e}s hier, cett^e nuit, tu pars à l'aube... Et tout est **bien** ?

515 MERCURE Là, j^e m'approch^e, je l'appell^e, et puis j^e sous-parasite pour papa...
516 Monpollux ! Jamais mortel pour son épouse n'a eu autant
517 d'amoureuse ardeur ainsi que lui se meurt d'ardeur pour vous !

518 JUPITER Vieill^e canaille ! Tu crois que je n^e te connais pas ? Hors de ma vue !
519 Tu t'en mêles en t'emmêlant de mots mielleux, en susurrant ?
520 Toi... moi j^e crois qu^e ce sceptre-là...
MERCURE Euh... non, merci.
JUPITER En su-su-rrant !

521 MERCURE Ouf ! L^e parapatron du parasit^e m'a presqu^e parafrappé !

522 JUPITER Non, ma chère épous^e, je n^e mérit^e pas vos récriminations :
523 En quittant secrètement l'armée, je manque à mon devoir
524 Pour vous seul^e, et seul à seule, vous apprendre mes succès,
525 Tout vous raconter : est-c^e qu'on agit ainsi quand on n'aim^e pas
526 Comme un fou ?
MERCURE J^e vous l'avais dit : c'est l^e meilleur des caresseurs !

527 JUPITER J^e m'en vais discrèt^{e}ment... pour qu'à l'armée, on n^{e}se rend^e compt^e de rien.
528 qu'on n^e dis^e pas que j^e fais passer ma p^{e}tit^e Brigitte avant l'État.

529 ALCMÈNE Ton départ m'arrache trop de larmes : tu me tues !

JUPITER Tais-toi !...

Sèch^{e} tes larm^{e}s : je r^{e}viens incessamment ! 530

ALCMÈNE « Incessamment » : c'est long !

JUPITER M'éloigner de toi, de nous, me fait souffrir aussi ! 531

ALCMÈNE Je vois :

On débarque ici la nuit, on part à l'aube. 532

JUPITER Laiss^{e}-moi partir.

Il est temps : je veux sortir de la cité avant le jour. 533

(Mercure s'approche avec la coupe)

Mais reçois la coupe d'or que je reçus pour ma valeur, 534

la coup^{e} d'or où buvait Ptérélas, que j'ai décapité, 535

mon trophée, pour mon Alcmèn^{e} ! 536

ALCMÈNE Mon noble et généreux époux !

Hâcastor ! Ce don royal est dign^{e} de mon donneur de dons... 537

MERCURE Ou plutôt don dign^{e} d'une femme à qui l^{e} don est donné ! 538

JUPITER Et tu continues ! tu crois, ramass^{e}-raclées, qu^{e} tu vas y échapper ? 539

ALCMÈNE S'il te plaît, ne t^{e} courrouc^{e} pas à cause de moi contre Sosie. 540

JUPITER C^{e} que femm^{e} veut, les dieux le veul^{e}nt... 541

MERCURE Ah ! comm^{e} l'amour le rend cruel !

JUPITER Quoi, encor^{e} ? 542

ALCMÈNE aim^{e}-moi absent^{e}, comm^{e} moi je t'aime, même absent !

MERCURE Allons-y, « Amphitryon », le jour paraît. 543

JUPITER Vas-y, « Sosie » :

je te suis. Et aux plaisirs ! *(Mercure fait mine de sortir)* 544

ALCMÈNE Aux « incessants » plaisirs !

(Alcmène rentre)

JUPITER — Bien sûr !

Compt^{e} sur moi : je reviendrai bientôt, plus tôt que tu ne crois...
Maintenant, ô Nuit, ne suspends plus ton vol, fais place au jour,
qu'il éclaire les mortels de son éclat étincelant !
Et puis, Nuit, d'autant que tu fus allongée pour m'arranger,
je raccourcirai le jour pour rétablir l'égalité ;
va ; que vienn^{e} le jour après la nuit. Attends, mon fils, je viens !

Jupiter sort

Le jour se fait doucement

Deuxième tableau : Amphitryon et Sosie

AMPHITRYON ET SOSIE, *montant par la passerelle*

AMPHITRYON [*Bacchées*] Allez, viens, / suis-moi, vit^{e} ! 551

SOSIE Je suis là ; / j'arriv' !

AMPHITRYON Ah !

Vraiment, toi !/ tu n'es rien / qu'un menteur ! 552

SOSIE Mais pourquoi ?

AMPHITRYON Mais parc'que / ça n'exis/te pas, ça / ne peut pas / 553

existеr, / c'que tu m'dis ! / 554

SOSIE Voilà, ça,/ c'est tout vous :

ne surtout/ jamais fai/rE confyan/ce à vos gens ! 555

AMPHITRYON Je te d'man/de pardon ?/ Cett' lang'-là,/ qui ment tout 556

le temps, j'vais / l'extirper / de cett' bouch'/de menteur./ 557

SOSIE Moi j'suis votr' esclav' ; fait's / ça donc comm'/ il vous plaît. 558

Cependant, / m'empêcher / d' rapporter / les faits tels/ 559

qu' j'les ai vus/, aucun'ment, / jamais, vous / n'y arriv'rez. 560

AMPHITRYON Le menteur / des menteurs ! / qui os'dir'/ « j'suis là-bas », 561

alors qu'il / est bien là, / devant moi !/ 562

SOSIE Mais c'est vrai !

AMPHITRYON Qu'aujourd'hui/ les dieux vont / t'étriper ? que moi j'vais / 563

564 t'en mettr'…

SOSIE comm' /vous voulez; je suis en/tre vos mains.

565 AMPHITRYON Tu os's, têt / à torgno/l's, te moquer/ de ton maîtr' ?
566 Tu os's, tor/gnolard, dir'/ ce qu'on n'a / jamais vu,
567 ce qui n'peut / pas être, en / racontant / qu'en mêm'temps,
568 un même homm' / se trouv'rait / en deux lieux, / dédoublé !

569 SOSIE Et pourtant, / c'que j'ai dit, / c'est vrai !

AMPHITRYON Zeus ! / Foudroie-moi

570 ce menteur ! /

SOSIE J'ai rien fait / de mal contre mon maît' !

571 AMPHITRYON C'est ça, fais / l'innocent / et moqu'toi, / insolent !

572 SOSIE [*Anapestes*] Ces reproch', / ce s'rait just', / si vraiment / j'me moquais ! /
573 [*Bacchées*] C'est vrai, quoi, / je mens pas : / j'dis seul'ment / c'que j'ai vu !

574 AMPHITRYON [*Anapestes*] Je crois bien / qu'il est plein / comme une ou/tre !

575 SOSIE [*8 Troch.*] C'est pas vrai !

AMPHITRYON C'est l'évidence !

SOSIE Moi, j'suis plein ?

AMPHITRYON Ou bien shooté, ou…

576 SOSIE J'ai rien pris du tout.

AMPHITRYON Et moi, j^e suis Cléopâtr^e ?

SOSIE J'l'ai dit dix fois, au
moins, j'suis moi, Sosie ; mais j'suis là-d'dans, aussi, moi qui suis aussi 577
moi ici. C'est clair, patron, j'ai bien tout expliqué, vous avez 578
Anapestes entendu, tout compris, 579
Iambes ç'que j'viens d'vous dir', hein ?

AMPHITRYON Ah ! Va-t'en, dégag^e ! 580

SOSIE C'est quoi l^e problème ?

AMPHITRYON T^u es tapé d^e la tête !

SOSIE *ioniques mineurs* Mais pourquoi que vous dit^{e}s ça ? Moi j^e suis en form^e ; pour ma têt^e, bah, 581
ça va très bien, et ça tourn^e droit, Amphi... 582

AMPHITRYON Hon... moi, c'^{es}t aujourd'hui, qu^e j^e vais
te payer, s^{e}lon ton mérit^e, pour qu^e ta caboch^e tourn^e 583
un peu moins droit, et très bientôt, 584
Septénaires tr. Bon, suis l^e maîtr^e qu^e tu fais danser sur des chansons de déjanté. 585
D'un^e, tu t^e moqu^{e}s d^e ce maître en négligeant mes ordr^{e}s avec mépris, 586
Et de deux, tu viens en plus fair^e rir^e sur l^e dos de ton patron : 587
Tu m^e racontes des trucs qu^e jamais personne n'a vu ni entendu... 588
Et de trois, crevur^e, j^e vais t^e faire t^e crouler sur l^e dos tes menteries ! 589

SOSIE Amphitron, c'est ça l^e malheur l^e plus malheureux du bon larbin, 590
Quand il voit la plus pur^e vérité battue par un bâton ! 591

AMPHITRYON Mais, raclur^e, comment s^e peut-il — mettons qu'on disputerait un peu — 592
que ça puisse être, que toi ici, tu sois, là-bas et aussi là, dis-moi. 593

SOSIE Oui, c'est ça : je suis là et je suis là-bas. On peut s'en étonner ;
mais je vous le dis : ça vous étonne bien moins que moi ça m'a frappé.

AMPHITRYON Hein ? Mais quoi ?

SOSIE Je vous dis que ça vous étonne bien moins que ça m'a frappé.
Même moi-même — ça c'est du miracle ! — je ne pouvais pas croire à… Sosie.
Jusqu'à ce que Sosie, ce moi de là-bas, m'ait rendu sûr de ça :
Tout ce qui s'est passé pendant que nous étions à la guerre, il l'a
bien conté ; mon nom joli, ma belle allure : il m'a tout pris.
Même deux touttes de lait ne se ressemblent pas plus que lui me ressemble à moi.
Ouais : quand tout à l'heure, à l'aube, vous m'envoyâtes à la maison…

AMPHITRYON Et ? quoi donc ?

SOSIE j'étais devant la maison avant que j'étais venu là.

AMPHITRYON Quelles noisettes, pignouf ! Tu t'es retourné la tête ?

SOSIE Comme vous voyez.

AMPHITRYON Un magnétiseur l'a démagnétisé. Je ne vois que ça :
Cet homme n'est plus le même homme !

SOSIE Ce magnétiseur maniait très bien les poings !

AMPHITRYON Mais qui c'est ce manieur de poings ?

SOSIE Moi-même ! Le moi-même que je suis là-bas.

AMPHITRYON
Gare à toi ! Tu vas répondre à mes questions sans m’enfumer.
Tout d’abord, je voudrais savoir qui peut bien être ton « Sosie »…

SOSIE
Votre serviteur.

AMPHITRYON
Un autre comme toi ? J’en ai bien assez d’un !
Et, depuis ma naissance, tu es le seul Sosie que j’aie eu pour serviteur.

SOSIE
Mais maintenant, moi je vais vous le dire, patron : votre serviteur Sosie,
mais un autre que moi, vous dis-je, je vais vous le faire rencontrer chez nous.
C’est un fils de mon pèr’ comme moi je le suis — tout jeune et beau,
Tout comme moi. En bref : vous avez un Sosie jumeau nouveau.

AMPHITRYON
Quelles abracadamenteries… Mais mon épouse, l’as-tu vue ?

SOSIE
On ne m’a pas laissé rentrer chez nous !

AMPHITRYON
Qui t’en a empêché ?

SOSIE
C’est le Sosie dont je parle depuis des heures, celui qui m’a cogné !

AMPHITRYON
Quel Sosie ?

SOSIE
Bibi ! Combien de fois faudra-t-il vous le répéter ?

AMPHITRYON
Mais cela ne veut rien dire ! Tu t’es cogné… une sieste ?

SOSIE
Si j’avais pu !

AMPHITRYON — Çte Sosie en second, c'était le Sosie que rêvait le Sosie ronflant

SOSIE — *Rêver d'accomplir les ordres du chef, c'est pas normal pour moi !*
Je le voyais tout comme je vous vois, en vrai, *comme je baratine en vrai.*
Si en vrai je rêvais, le rêveur qui m'a frappé m'a réveillé !

AMPHITRYON — Quel rêveur ?

SOSIE — Sosie, vous dis-je, çui qui est moi-même ; c'est pourtant clair !

AMPHITRYON — Qui, pignouf, pourrait voir clair dans une telle soupe de pois cassés ?

SOSIE — Vous verrez bientôt ce qui est vrai — quand vous verrez ce Sosie-là.

AMPHITRYON — Bon, tais-toi, pose-toi par là et regarde la plus belle femme du monde.

TROISIÈME TABLEAU : ALCMÈNE, AMPHITRYON ET SOSIE

STASIMON : DANSE D'ALCMÈNE

Alcmène, danse langoureusement sur le tréteau

Bacchées

ALCMÈNE Les instants de plaisir de nos vies sont si rar^{e}s, les fâcheux si nombreux...
Et pourtant, il nous faut les payer : c'est toujours le destin des mortels.
Le plaisir / des Dieux, c'est / de fair^e suivr^e / de tristess^e / les plaisirs.
Il faut im/médiat'ment / après tout^e / volupté, avoir mal et souffrir !
Aujourd'hui, **j'en** fais l'expérienc^e par moi-même, en l'éprouvant **dans** mon corps :
du plaisir, **j'en** eus, tant que j'eus droit de voir mon mari, une uniqu^e nuit.
C'est si peu ! Et lui, brusquement, il m'abandonne avant l'aub^e !
Je m^e sens seule au mond^e, quand il est loin de moi, l'homm^e que j'aim^e plus que tout homm^e !
J'ai plus d^e mal **quand** il part, **quand** il sort, **que d^e** plaisir **quand** il rentr^e, **quand** il vient.
Cependant, j'ai un^e joie qui m^e console : c'est qu'il rentr^e
en vainqueur triomphant de l'enn^e mi, et glorieux !
Qu'il s'absent^e !... Dès lors qu'il revient, plein de gloir^e, moi,
à chaqu^e fois, j'endur^e rai son absence avec fermeté, sans faibless^e, tant
que j'obtiens mon paiement : les voir tous admirer
mon vainqueur, mon guerrier ; voilà qui m^e satisfait !
L'ardeur, c'est la plus bell^e récompens^e
L'ardeur, ell^e dépass^e tout, en grandeur, en beauté :
Liberté, salut, vie, fortune, et famille, et patrie, et nos enfants

dépendront d'ell^{e} longtemps.
L'ardeur, ell^{e} domin^{e} tout ; l'ardeur est si puissant^{e}...
L'ardeur, fait du bien !

Le double accueil d'Amphitryon

AMPHITRYON — Hâpollux ! ma tendre épouse m'attend avec une belle *ardeur !*
Ell^{e} m'aim^{e}, comm^{e} je l'aime aussi ; en plus **je** rentre victorieux :
j'ai vaincu des adversaires « indomptabl^{e}s » ; et mon armée,
sans s'y prendre à deux fois l'emporta, sous mon autorité...
J'en suis sûr : l'objet de mon désir m'attend avec ardeur.

SOSIE — Et ? Ma bonne amie à moi m'attend avec autant d'ardeur.

ALCMÈNE — Mais... c'est mon mari !

AMPHITRYON — Allez, suis-moi par là.

ALCMÈNE — Pourquoi revient-il donc ?
Lui qui tout à l'heure se disait si pressé ! Vient-il sentir
mon amour, et constater combien m^{e} consterne son départ.
Hécastor, c^{e} n'est pas une mijaurée qu'il va trouver chez lui !

SOSIE — Amphitron, nous ferions mieux d^{e} rev^{e}nir au port.

AMPHITRYON — Pour quel motif ?

SOSIE — Parc^{e} qu'il n'y a personn^{e} ici pour nous donner notre dîner. 665

AMPHITRYON — Comment cette idée t'est rentrée dans la tête ? 666

SOSIE — C'est qu^{e} nous rev^{e}nons trop tard.

AMPHITRYON — Quoi ? 667

SOSIE — Je crois qu'Alcmèn^{e}, que j^{e} vois là-bas, a l^{e} ventr^{e} déjà bien plein.

AMPHITRYON — Elle était enceint^{e} quand j^{e} suis parti d'ici. 668

SOSIE — Pff... quel poissard !

AMPHITRYON — Qu'est-c^{e} que t^{u} as ? 669

SOSIE — J'arrive à point pour m^{e} coltiner la corvée d'eau,
les tournées d^{e} bidons : si j^{e} calcule bien, ça fait déjà neuf mois ? 670

AMPHITRYON — Un vrai brav^{e} comme toi ! 671

SOSIE — Un brave, oui, qui va prendre les bidons,
Et si j^{e} mens c^{e} coup-ci, ne croyez plus un d^{e} mes serments, jamais : 672
C^{e} puisard-là, j^{e} vais en puiser jusqu'au bout d^{e} l'épuisement final ! 673

AMPHITRYON — Bon. Suis-moi ! J^{e} donn^{e}rai c^{e} boulot à quelqu'un d'autre — n'aie pas peur ! 674

ALCMÈNE — L'imagin^{e} que c'est à moi, maint^{e}nant, de prendre les devants. 675

AMPHITRYON — Quel bonheur de retrouver cell^{e} qui m'a si longtemps manqué ! 676

Quel bonheur de voir la meilleur^{e} femm^{e} qui soit pour son mari !
Chaste Pénélope réputée dans Thèbes pour sa pudeur !
Tu te portes bien ? M'attendais-tu ?

SOSIE Plus attendu, moi, j'ai
jamais vu... Il n'est même pas reçu comme on accueille un chien !

AMPHITRYON Ah ! quell^{e} joie d^{e} revoir ma femme, rayonnante, le ventre rond !

ALCMÈNE Dieupardieu, je t'en supplie ! C'est ridicul^{e}, ces simagrées,
ces salamalecs ! Comm^{e} si nous n^{e} venions pas de nous quitter !
On croirait qu'après un long voyag^{e}, tu rentr^{es} enfin chez toi.
Et tu m'interpell^{e}s comme si ça f^{ai}sait longtemps qu^{e} tu m'avais vue !

AMPHITRYON C'est un fait : je suis resté sans voir ma femme assez longtemps.

ALCMÈNE Pourquoi nier ?

AMPHITRYON Je ne sais pas mentir.

ALCMÈNE Eh bien, tu es très fort :
Sans savoir mentir, tu mens. Vous n'avez pas confiance en moi,
en mes sentiments ? A peine partis, et vous voilà rentrés !
C'est l'orage ? C'est un mauvais auspice qui t'a retenu ici,
t'empêchant de lever l'ancre comme tout à l'heure tu le souhaitais ?

AMPHITRYON « Tout à l'heure » ?! Quel tout à l'heure ?

ALCMÈNE Un tout à l'heure qui n'est pas vieux !

AMPHITRYON Comment donc peux-tu dire ça ? « Un tout à l'heure qui n'est pas vieux » !

ALCMÈNE J'ai compris ! tu veux que j^{e} te taquine aussi, mon taquineur…
qu'on rejoue ton arrivée comm^{e} si c'était la première fois ?

AMPHITRYON Ah, voilà qu'elle nage en plein délire !
SOSIE Il faut attendre un peu,
qu'ell' patauge en rêvant jusqu'aux riv's du rêv'.
AMPHITRYON Réveillons-la !

ALCMÈNE Hécastor ! je suis bien réveillée et je rapporte des faits :
Tout à l'heure, avant le jour, tous deux, je vous ai vus.
AMPHITRYON Où donc ?

ALCMÈNE Ici mêm^{e}, dans ta maison.
AMPHITRYON J^{e} te d^{e}mand^{e} pardon ?
SOSIE Et pourquoi pas ?
Nous avons peut-être été téléportés tout en dormant.

AMPHITRYON Tu n^{e} vas pas t'y mettre aussi ?
SOSIE Que croyez-vous qu'il arriv'ra ?
On sait qu's'attaquer à un' bacchante embarquée par Bacchus
C'est la rendr' plus folle encore : ell' va frapper deux fois plus fort.
Quand on obéit, on prend moins d'coups.

AMPHITRYON — Ell^{e} peut me recevoir
comme un chien, sans mêm^{e} me dir^{e} bonjour, et moi, je n^{e} pourrais pas,
même un peu, l'assaisonner ?

SOSIE — Autant mettr' de l'huil' sur le feu.

AMPHITRYON — Stop ! Alcmène, un^{e} seul^{e} question :

ALCMÈNE — Une seule ou mille, c'est comme tu veux.

AMPHITRYON — Est-c^{e} par suffisance, ou par sottis^{e} que tu délir^{e}s ainsi ?

ALCMÈNE — C'est à moi, mon cher mari, que toi, tu poses une telle question ?

AMPHITRYON — C'est que jusque-là, tu me saluais un peu quand j'arrivais,
comme un^{e} bonne épous^{e} s'adresse à son mari quand il revient,
et je puis être étonné par la froideur de ton accueil.

ALCMÈNE — Hécastor, pourtant tu n^{e} peux pas oublier comment hier,
en mêm^{e} temps je t'ai salué et m^{e} suis enquis^{e} de ta vigueur,
quand j'ai pris ta main, mon homme, et quels baisers je t'ai donnés

SOSIE — Toi, tu l'as salué ? Cet homme ? Hier ?

ALCMÈNE — Tout comm^{e} toi j^{e} t'ai salué !

SOSIE — Amphitr'on, j' pensais devoir aller chercher un gynéco,
mais j' m'en vais chercher un autr' méd'cin.

AMPHITRYON Un autr^{e} méd^{e}cin ?!
SOSIE un psy.

ALCMÈNE JE ne suis pas folle et grâce aux dieux j^{e} vais accoucher d'un fils ! 720
Mais, toi tu vas prendre un^{e} bonn^{e} raclée, si lui fait son devoir, 721
insolent : ton insolence va t^{e} rapporter des marrons chauds ! 722

SOSIE Pour les femm's enceint's, j'crois qu'les marrons sont bien meilleurs… glacés, 723
quand la tête leur tourne un peu et qu'leur cerveau s'met à bouillir. 724

AMPHITRYON Tu m'as vu hier ? 725
ALCMÈNE Faut-il **le** dir^{e} dix fois ? Oui, **je** t'ai vu.

AMPHITRYON Dans un rêv^{e} ? 726
ALCMÈNE Tous deux, nous étions bien actifs !
AMPHITRYON Malheur à moi !

SOSIE Qu'est-c' qu'il y a ? 727
AMPHITRYON Ma femm^{e} n^{e} sait plus c^{e} qu'ell^{e} dit
SOSIE Ah ! déjà Alzheimer ?
Elle est prématurément antique et moderne à la fois. 728

AMPHITRYON Quand as-tu senti les tout premiers symptômes de confusion ? 729

ALCMÈNE JE N^{E} SUIS PAS MALAD^{E}, Dupschitt ! 730

AMPHITRYON Alors pourquoi nous raconter
qu'hier tu m'as vu, à nous qui somm^{e}s rentrés cett^{e} nuit au port,
où j'ai pris un bon dîner, où j'ai dormi jusqu'au matin ;
Je n'ai pas posé un pied dans cett^{e} maison depuis qu'avec
notre armée, nous somm^{e}s partis pour vaincr^{e} l'enn^{e}mi téléboen.

ALCMÈNE Non. C'est avec moi qu^{e} tu as dîné et puis couché.
AMPHITRYON Pardon ?

ALCMÈNE Tu m'as parfait^{e}ment comprise.
AMPHITRYON J'ai surtout compris que tu me mens.

ALCMÈNE Dès potron-minet, tu es parti pour tes légions.
AMPHITRYON Comment ?

SOSIE Ell' dit vrai, de son point d'vue, en racontant c'qu'elle a rêvé...
Mais, Madame, un' fois levée, vous auriez dû verser l'encens
Ou bien la farin' salée pour Jupiter des bons présaj's

ALCMÈNE Tu vas t'en prendre une !
SOSIE C'est vous plutôt... si vous fait's ce qu'il faut !

ALCMÈNE C'est la deuxièm^{e} fois que ce larbin m'insulte impunément !

(à Sosie, puis à Alcmène)

AMPHITRYON — Toi, tais-toi. Toi, parl^{e} : c'est moi qui t'ai quittée au petit jour ? 743

ALCMÈNE — Qui, sinon vous deux, m'a raconté tout^{e} la bataille, hier ? 744

AMPHITRYON — Tu sais déjà ça ? 745

ALCMÈNE — C'est toi qui m'as tout dit : la pris^{e} d'assaut
d'un^{e} cité immens^{e}, comment tu as décapité leur roi. 746

AMPHITRYON — Moi, je t'ai dit ça ? 747

ALCMÈNE — Toi-même, avec Sosie à tes côtés.

AMPHITR. *à Sosie* — Tu m'as entendu raconter ça ? 748

SOSIE — J'voudrais bien savoir où !

AMPHITR. *à Sosie* — Pos^{e}-lui la question ! *(en montrant Alcmène)* 749

SOSIE — J'y étais pas ; j'ai donc rien entendu.

ALCMÈNE — Quell^{e} surpris^{e}! Il dit comm^{e} toi ! 750

AMPHITRYON — Sosie, regard^{e}-moi dans les yeux.

SOSIE — Dans les yeux. 751

AMPHITRYON — Je veux la vérité, pas ton approbation.
Toi, m'as-tu entendu tout lui raconter comme ell^{e} le dit ? 752

SOSIE — Apollux, j'vous en supplie, ne tombez pas dans sa folie !
C'est la premièr' fois que nous voyons vot'femm', pour aujourd'hui.

AMPHITRYON — Entends-tu, ma femm^{e}?
ALCMÈNE — J'entends très bien... mentir un beau menteur.

AMPHITRYON — Et... ton homme aussi, c'est un menteur ?
ALCMÈNE — Non, mais... quand tu prétends
Que j^{e} n'ai pas vécu c^{e} que j'ai vécu cett^{e} nuit, c'est sûr, tu mens.

AMPHITRYON — Moi, je suis venu cett^{e} nuit ?
ALCMÈNE — Et ressorti au point du jour.

AMPHITRYON — Et comment aurais-j^{e} bien pu sortir avant d'être rentré ?

LA COUPE

ALCMÈNE — Et comment vas-tu m'expliquer ça ? Comment m'as-tu donné
Cette coupe d'or qu'on t'a donné là-bas sans v^{e}nir ici ?

AMPHITRYON — Bonpollux ! J^{e} n'ai rien dit, rien donné; j'en avais l'intention,
Et je l'ai toujours, de t'apporter cett^{e} coupe d'or; mais qui
Te l'a dit ?
ALCMÈNE — C'est toi qui m'as tout raconté; ce sont tes mains
Qui m'ont apporté la coupe.

AMPHITRYON — Attends, j^{e} te prie… Sosie, dis-moi :
Comment, ell^{e}, ell^{e} peut savoir ce que là-bas, on m'a offert, 766
Si toi, tu n'es pas venu la voir pour tout lui raconter ? 767

SOSIE — Dupollux, moi j'n'ai rien dit, j'l'ai mêm' pas vue, sauf avec vous. 768
AMPHITRYON — Tu te moqu^{e}s de moi ? 769
ALCMÈNE — Veux-tu faire apporter la coupe ?
AMPHITRYON — Je veux.

ALCMÈNE — Bien, toi, Thessala, rentre et rapporte-nous la coupe d'or 770
Cell^{e} que mon mari m'a offert^{e} ce matin à l'aube. 771

AMPHITRYON — Sosie,
Viens par là. J'ai déjà entendu bien trop d'absurdités : 772
Vais-je en voir un^{e} plus absurde ? 773
SOSIE — N'en croyez rien : j'l'ai bien gardée
Dans la boît^{e} que vous avez scellée. 774
AMPHITRYON — Le sceau est-il brisé ?

SOSIE — Le voici. 775
AMPHITRYON — Il est intact.
SOSIE — J'vous l'dis : vot'femme a bien besoin
D'une douch' froide à l'eau bénite. 776
AMPHITRYON — De l'eau lustrale bien glacée,
Pour réfrigérer les esprits qui l'habitent, tu as raison. 777

ALCMÈNE — Tiens, voilà ta coupe.

AMPHITRYON — Approche-toi !

ALCMÈNE — Viens, si tu veux la voir :
Toi qui nies les faits, je vais te faire manger ton galurin…
Est-ce que c'est la coupe qu'on t'a donnée là-bas ?

AMPHITRYON — Zeus Jupiter !
Vous voyez, mes yeux ? C'est elle, c'est bien ma coupe; je suis mort, Sosie.

SOSIE — Mêpollux, ou bien cett' femme est la plus gross' sorcièr' du mond',
Ou… la coupe est là-dedans.

AMPHITRYON — Allez ! qu'attends-tu pour l'ouvrir ?

SOSIE — Pourquoi donc l'ouvrir ? Elle est scellée de votre sceau, intact !
Vous avez accouché d'un Amphitryon, moi d'un Sosie :
si la coupe accouch' d'une coup', c'est simple, ya trois fois deux jumeaux.

AMPHITRYON — Ouvre-moi cette boîte, je veux voir.

SOSIE — D'accord, mais r'gardez bien d'abord :
Vot'cachet n'est pas brisé; jyai pas touché.

AMPHITRYON — Vas-tu l'ouvrir ?
Je crains que cette femme finisse par nous faire perdre la raison !

ALCMÈNE — Et d'où vient cette coupe, sinon des belles mains de mon mari ?

AMPHITRYON C'est c^{e} que j^{e} voudrais bien savoir. 791

SOSIE Ah nom de Zeus, Dieujupiter !

AMPHITRYON Qu'est-c^{e} qu'il ya ? 792

SOSIE Plus aucun' coup' dans notre boît' !

AMPHITRYON Qu'est-c^{e} que j'entends ?

SOSIE Rien du tout. 793

AMPHITRYON Fais-la réapparaîtr^{e} si tu n^{e} veux pas crever !

ALCMÈNE Oh ! un^{e} coup^{e} réapparue ! 794

AMPHITRYON Mais qui te l'a... ?

ALCMÈNE C'est mon mari.

SOSIE Ah ! Vous m'fait's marcher ! Hier, vous êt's parti du port en douç', 795
Vous avez couru, sorti la coup', donné la coupe, et puis 796
Vous êt's revenu, et vous avez remis, vot' sceau, en douç'. 797

AMPHITRYON Non, mais j^{e} n'y crois pas ! Tu vas la seconder dans sa folie ? 798

RETOURNEMENT D'AMPHITRYON

Toi, tu dis qu'hier nous sommes venus ici ? 799

ALCMÈNE Tu es venu,
sans tarder, tu m'as saluée, et j^{e} t'ai donné un long baiser. 800

801 AMPHITRYON Ce baisante introduction est déplaisante… mais continue.

802 ALCMÈNE Tu as pris un bain.

AMPHITRYON Après le bain ?

ALCMÈNE Tu t'es couché.

SOSIE Ah ouais !

803 Et après ?

AMPHITRYON **Ne** la coup^{e} pas ! Toi, continue, va jusqu'au bout.

804 ALCMÈNE Le dîner servi, ta femme à tes côtés, tu as dîné.

805 AMPHITRYON Tous les deux sur un seul lit ?

ALCMÈNE Un seul.

SOSIE L'dîner presqu**e** parfait !

806 AMPHITRYON Laiss^{e}-la raconter tout^{e} son affaire ! — Et puis, après dîner ?

807 ALCMÈNE Tu avais sommeil ; la table desservie, nous somm^{e}s allés…

808 AMPHITRYON Où es-*tu* allée ?

ALCMÈNE Dans notre chambr^{e}, coucher à tes côtés.

809 AMPHITRYON Ah ! Le coup de grâc$^{e!}$

SOSIE Qu'est-ç' qu'ya ?

AMPHITRYON Cett^{e} femme, ell^{e} m'a assassiné. *Periī miser*

ALCMÈNE Qu'est-c^{e} qui t^{e} prend ? 810

AMPHITRYON Ne m^{e} parle pas.

SOSIE Qu'est-ç' qu'ya ?

AMPHITRYON J^{e} suis mort, j'ai tout perdu.

Pendant mon absence, ma femm^{e} s'est transformée en débauchée. 811

ALCMÈNE Grovaïnchtaïn ! Comment donc mon mari peut-il parler ainsi ? 812

AMPHITRYON Mon mari ? Tu os^{e}s m^{e} donner ce nom, maîtresse en fausseté ? 813

SOSIE S'il est plus l'mari, c'est lui, la femm' ? C'est trop modern' pour moi. 814

ALCMÈNE Qu'est-c^{e} que j'ai pu fair^{e} pour mériter d'être ainsi injuriée ? 815

AMPHITRYON Tu avoues toi-mêm^{e} tes crim^{e}s et tu veux des explications ? 816

ALCMÈNE De quel crim^{e} puis-j^{e} donc être coupabl^{e} en aimant mon mari ? 817

AMPHITRYON Ton mari n'y était pas ! Quelle impudent^{e} dévergondée ! [...] 818

ALCMÈNE Tu m'accus^{e}s d'un crim^{e} ignoble et vil, indigne de mon sang. 820

Cherche un^{e} trace d'impudeur en moi. Tu n'en trouv^{e}ras jamais. 821

AMPHITRYON Dieux immortels ! Dis, Sosie, au moins, toi, tu me reconnais ? 822

SOSIE — A peu près.

AMPHITRYON — J'ai bien dîné hier sur mon bateau au port ?

ALCMÈNE — Moi aussi, j'ai des témoins pour confirmer tous mes propos.

SOSIE — Moi, J'n'y comprends rien, à cette affaire, à moins, peut-être, qu'il yait
un deuxième Amphitryon qui puisse, ici, en votre absence
prendre soin de vos affair's et accomplir tous vos devoirs.
D^{é}jà, c^{e}tte histoir^{e} de faux Sosie qui prend ma place, c'était zinzin ;
Mais vraiment, cet Amphitron en s^{e}cond, c'est encor^{e} plus zonzon !

AMPHITRYON — Un sorcier vaudou a dû l'intoxiquer aux champignons.

ALCMÈNE — Par la royauté du roi suprême, au nom d'Héra-Junon,
Mère-épouse, déess^{e} que je vénèr^{e} plus que tout autre dieu,
Je le jure, aucun mortel sinon toi seul jamais n'a pu
de sa chair toucher ma chair pour me souiller.

AMPHITRYON — Si c'était vrai !

ALCMÈNE — Tout est vrai, mais c'est en vain, car tu n'as pas confiance en moi.

AMPHITRYON — Tu es bien un^{e} femm^{e}, qui n'a pas peur des faux serments...

ALCMÈNE — qui n'a
aucun^{e} peur de dir^{e} la vérité, puisqu'ell^{e} n'a pas fauté !

AMPHITRYON Quell^{e} belle assurance ! 838
ALCMÈNE C'est l'assuranc^{e} de la vertu.
AMPHITRYON Des mots !

ALCMÈNE Tu as épousé un^{e} femm^{e} dont les richess^{e}s **ne** sont pas d'or 839
Je suis rich^{e} de ma pudeur, de ma maîtrise des pulsions, 840
De la craint^{e} des dieux et d'un amour paisibl^{e} pour mes parents ; 841
d'être généreuse et secourable pour plaire à mon mari. 842

SOSIE Ouais… ya pas à dir' : « Alcmèn', la perfection au féminin ! » 843

AMPHITRYON Ah ! Sa voix si voluptueus^{e} m'envoût$^{e;}$ j'en oublie qui **je** suis… 844

SOSIE Non, n'oubliez pas : c'est vous, Amphitryon ; il faut s'méfier : 845
c'est étranj' comme on échanj' les gens depuis qu'on est ici ! 846

AMPHITRYON Rkulpoirhot, il nous faut débrouiller cet embrouillamini. 847

ALCMÈNE Hé, par Oustinof, j^{e} suis bien d'accord : enquête ! 848
AMPHITRYON Bon, qu'en dis-tu :
J^{e} vais aller chercher sur mon bateau Piedhmer, qu^{i} est ton cousin ; 849
Il était là-bas pendant tout^{e} l'équipée, à mes côtés. 850
S'il apporte un démenti cinglant à tes allégations, 851
auras-tu des arguments pour éviter d'êtr^{e} répudiée ? 852

853 ALCMÈNE — Non, pas d'arguments... si j'ai fauté.

AMPHITRYON — Nous somm^{e}s d'accord. Sosie,

854 Fais rentrer ces gens là-d^{e}dans ; moi, j^{e} vais au port chercher Piedhmer.

(sort par passerelle)

855 SOSIE — Bon, maint'nant que nous somm's seuls, dit's-moi la vérité, en vrai

856 Est-ç' qu'il ya là-d'dans un aut'Sosie, tout identique à moi ?

857 ALCMÈNE — Du balai ! esclav^{e} bien digne de ton maîtr^{e}!

SOSIE — J'm'en vais, j'm'en vais !

(il rentre)

858 ALCMÈNE — Grovaïnchtaïn, j^{e} n'en r^{e}viens pas... Quell^{e} mouche a piqué mon mari ?

859 M'accuser ainsi de me livrer aux vic^{e}s les plus honteux !

860 Bon, mais j^{e} vais finir par tout comprendr^{e} grâce au cousin Piédhmer.

(Elle rentre et ressort par le toit)

Troisième partie : les deux Amphitryon

Interlude de Jupiter

Jupiter *(monte sur le toit côté cour)*

Sénaires iambiques

Moi, j^{e} suis l'Amphitryon pour qui travaill^{e} Sosie, 861
celui qui d^{e}vient parfois Mercure en cas d^{e} besoin ; 862
j'habit^{e} l'étag^{e} au-d^{e}ssus, là-haut, au septièm^{e} ciel, 863
et parfois par capriç^{e}, j^{e} me fais dieu, Jupiter. 864
Mais quand j^{e} fais mon entrée ici, en un instant, 865
j^{e} deviens, en mettant ses vêt^{e}ments, Amphitryon. 866
Mais là, si j^{e} viens, c'est pour vous dire qu^{e} les manuscrits
sont tout moisis, que notre texte est tout troué,
et donc qu'il faut arrêter là la comédie...
Allez ! Partez ! Pliez bagages ! Rentrez chez vous !

Vous restez là ? Vous n^{e} partez pas ? Vous désirez
vous amuser encore un peu ? Allez, d'accord :
J^{e} vais leur fair^{e} jouer la fin malgré les trous, et vous
pourrez m^{e} voir fair^{e} l'Amphitryon encore une fois,
les deux Sosie, la belle Alcmène, et puis, surtout,
l'Amphitryon qui n^{e} comprend rien se fair^{e} rosser 867
comme il convient aux généraux : avec ardeur !

RÉCONCILIATION D'ALCMÈNE ET… JUPITER

ALCMÈNE *sort de la maison*

Sénaires iambiques

Je **ne** peux pas rester dans cett^{e} maison ! Traitée 882
de débauchée, de vile catin par mon mari ! 883
Il nie les faits et fait le niais en m'accusant 884
d'avoir commis ce que j^{e} n'ai pas commis, ce que 885
je n^{e} peux commettre, et il pens^{e} que j^{e} vais dire « Amen ! » 886
Ah non ! Je n^{e} vais pas supporter l'ignominie, 887
la calomnie : j^{e} vais divorcer immédiat^{e}ment 888
s'il **ne me** fait pas ses excus^{e}s en reniant 889
solennell^{e}ment tout^{e}s ses ignobl^{e}s accusations. 890
Ah ! mais voici l'homm^{e} qui m'accuse ignoblement 896
d'être un^{e} catin, une débauchée ! 897

JUPITER

Ma femm^{e} ! parlons !
Pourquoi te tournes-tu ? 898

ALCMÈNE

Mes yeux exècrent qui
m'exècr^{e}. […] 899

JUPITER

Qui donc t'exècr^{e} ? 901

ALCMÈNE

Ah… parc^{e} qu'abominer
sa femme en l'insultant, c'est un^{e} façon d'aimer ! 902

JUPITER *(caressant)*

Tu es très en colèr^{e}… 903

ALCMÈNE
Ecart^{e} cett^{e} main de moi !
S'il reste en toi un peu d^{e} raison, un peu d^{e} bon sens,
Tu n^{e} devrais mêm^{e} pas condescendre à me parler
à moi qu^{e} tu considèr^{e}s comme un^{e} dévergondée,
si tu n'es pas le plus benêt des grands benêts.

JUPITER
Mes mots n'ont pas pu fair^{e} de toi c^{e} que tu n'es pas ;
je suis rev^{e}nu pour m'excuser très sincèr^{e}ment.
Jamais au plus profond d^{e} mon cœur j^{e} n'ai eu plus mal
qu'après avoir senti ta colèr^{e} contre moi.
J^{e} vais t'expliquer pourquoi j'ai pu parler ainsi :
En fait, j^{e} n'ai pas, un seul instant douté de toi.
J^{e} voulais seul^{e}ment sentir combien j'étais aimé !
[...]
C'était pour jouer que tout à l'heur^{e} j^{e} t'ai titillé,
et puis pour qu'on rigole un peu avec Sosie.

ALCMÈNE
Pourquoi n'amèn^{e}s-tu pas Piédhmer, mon cher cousin,
pour attester, comm^{e} tu l^{e} disais, que tu n'étais
pas v^{e}nu ici ?

JUPITER
Mais quand on joue la comédie,
il ne faut pas prendre au sérieux tout ce qu'on dit !

ALCMÈNE
En attendant, tu as bien fait souffrir mon cœur.

JUPITER

Par cette main si chérie, mon Alcmène je t'en prie, 923
ne sois plus en colère, accorde-moi ton pardon. 924

ALCMÈNE

Tes mots ne pouvaient pas atteindre ma vertu. 925
Je n'ai pas souillé mon corps ; je ne laisserai pas non plus 926
tes mots me souiller les oreilles plus longtemps. 927
Adieu ; tu peux reprendre tes biens ; rends-moi les miens. 928
Veux-tu me faire accompagner ? 929

JUPITER

Attends !

ALCMÈNE

Sinon,
j'irai toute seule, avec pour compagne ma vertu. 930

JUPITER

Mais non ! Je te ferai tous les serments que tu voudras : 931
tu es pour moi l'incarnation de la vertu ! 932
Si ça n'est pas la vérité, que Jupiter 933
maudisse à jamais ton homme, ton Amphitryon. 934

ALCMÈNE

Je voudrais plutôt qu'il te bénisse ! 935

JUPITER

Il le fera :
chaque mot de mon serment est parfaitement exact. 936
Alors, tu n'es plus en colère ? 937

ALCMÈNE

Mmm... Non.

JUPITER

C'est bien.
Comme disent les gens de ce pays, il ya des hauts, 938
des bas, et aux plaisirs succèdent les douleurs ; 939

on est fâchés, et puis on se réconcilie !
Et quand on s'est vraiment fâchés, et puis qu'on s'est
réconciliés, l'amour alors est redoublé !

ALCMÈNE
Moui… Tu f^{e}rais mieux de réfléchir avant d^{e} parler.
Mais comm^{e} tu retires tout, je dois te pardonner.

JUPITER
Fais préparer les sacrific^{e}s, les libations,
que j'accompliss^{e} les vœux promis aux dieux quand j'ai
lancé l'assaut pour revenir vif et vainqueur.

ALCMÈNE
Je m'en occupe.

JUPITER
et fait^{e}s venir ici Sosie,
qu'il aill^{e} au port, sur le bateau, chercher Bonneuil,
notre pilot^{e}, pour l'inviter à déjeuner ;
Je veux le rassasier d'un bon spectacle en lui
montrant comment botter les fess^{e}s d'Amphitryon !

ALCMÈNE
Mon homme est vraiment très bizarre ; il parl^{e} tout seul.
Mais quelqu'un sort de la maison… Ah ! c'est Sosie.

(Septénaires trochaïques)

SOSIE — Amphitron, j'suis là, me v'là, pour fair' tes quatre volontés !

JUPITER — Ah ! Sosie. C'est bien.

SOSIE — Ça y est ? Vous avez fait enfin la paix ?
Quand j'vous vois tous deux tranquill's, j'suis dans la joie, j'suis tout heureux !
C'est la règle de conduit' que doit s'donner un bon larbin :
Il doit imiter avec exactitud' les min's que font
ses patrons, ou bien grimaç's, ou bien sourir's, selon l'humeur.
Mais répondez-moi : ça yest, vous êt's vraiment réconciliés ?

JUPITER — Quel bon comédien ! Oui, oui, notr^e petit sketch est terminé.

SOSIE — Notre sketch ? Quel sketch ? Moi j'y croyais à fond; j'étais sérieux.

JUPITER — J'ai su obtenir l'absolution : la paix est fait^e.

SOSIE — Allez !

JUPITER — J^e vais rentrer pour fair^e les sacrific^e s dont j'ai fait vœu.

SOSIE — Louya !

JUPITER — Toi, retourn^e sur le bateau, réveille sur un bon pied Bonneuil,
notre bon pilot^e; je souhait^e qu'il vienn^e partager mon repas.

SOSIE — Vous croirez que j'suis là-bas quand j's'rai déjà r**e**v'nu !

JUPITER — Vas-y !

ALCMÈNE — Bon, **je** peux rentrer, pour organiser les festivités ?

JUPITER — Rentr^{e}, bien sûr, ma bonne amie, et prépar^{e}-toi tout comme il faut !

ALCMÈNE — **Je** s'rai toujours prêt^{e} pour toi : tu rentr^{e}s chez toi quand tu **le** veux.

JUPITER — Quelle épous^{e} parfait^{e} tu fais… Oui… Même un^{e} femm^{e} peut parler d'or !

(Jupiter et Alcmène rentrent ds la maison l'un après l'autre ; Bonneuil arrive, il rentre, en chantant « C'est moi Bonneuil, le bon pilote ; j'suis l'invité / d'honneur du général Amphitryon, j'suis trop / content : j'vais m'enfiler gratos un bon gueul'ton »)

AMPHITRYON REVIENT DU PORT

AMPHITRYON L'homm^e que je voulais ram^{e}ner, Piédhmer, je n'l'ai trouvé null^e part
Ni person^e au port, en ville, qui l'ait croisé ou qui l'ait vu.
J'ai r^{e}tourné chaqu^e mètr^e carré dans tout^e la ville, les sall^e s de sport,
les bistrots, tous les marchés, supermarchés, hypermarchés,
les méd^{e}cins et les coiffeurs, les synagogu^e s et les mosquées,
Et… et j'ai crié, crié, « Piédhmer », pour qu'il revienn^e… mais rien.
Il ne m^e rest^e qu'un^e chos^e à faire : rentrer chez moi interroger
mon épous^e pour qu'elle avoue pour qui elle a souillé son corps.
Oui, plutôt mourir que d^e rester sans savoir. J^e vous dis que j^e vais
fair^e parler cett^e femme !… On a fermé la port^e… C'est merveilleux.
Pourquoi s'étonner ? Tout est à l'avenant… Allez, frappons.
Ouvrez-moi ! Hé ! Ya quelqu'un ? Ouvrez… La porte est verrouillée !

MERCURE Qui est là ?
AMPHITRYON C'est moi !
MERCURE C'est quoi, « c'est moi » ?
AMPHITRYON C'est c^e que j'ai dit.
MERCURE As-tu
Zeus et tous les dieux sur les talons, pour faire un tel boucan !

AMPHITRYON Hein ?!
MERCURE Bécill^e ! Maudit sois-tu, crevur^e, qui nous bris^e les tympans !

1024 AMPHITRYON — Mais… Sosie !

MERCURE — Ben oui, « Sosie » ! J'sais bien qui j'suis, j'connais mon nom.

1025 Que veux-tu ?

AMPHITRYON — Fumier ! Tu os^e s me demander ce que je veux ?

1026 MERCURE — Oui, je te l'demand^e : pourquoi tu démantibul^e s notre entrée ?

1027 On n'est pas subventionnés, l'Etat va pas payer, Duplouc !

1028 Pourquoi tu m' regard's, pauvre abruti ? Que veux-tu ? Qui es-tu ?

1029 AMPHITRYON — Torgnolard, ramass^e-raclées, toi, tu m^e demand^{e}s qui moi je suis ?

1030 C'est ton dos tout rempli d^e bleus[4] qui va bientôt l^e crier, mon nom !

1031 MERCURE — Toi, dans ta jeuness^e, tu as dû être un peu trop généreux !

1032 AMPHITRYON — Hein ? Quoi ? Qu'est-c^e…

MERCURE — Maint'nant qu't'es vieux, c'est toi qui viens mendier… les coups !

1033 AMPHITRYON — C'est ta tomb^e qu^e tu veux creuser, crevure, à coups d'insanités ?

1034 MERCURE — J'vais t'offrir un sacrifiç'…

AMPHITRYON — Plaît-il ?!

MERCURE — Un crevard écorché !

(Mercure poursuit Amphitryon, qui sort par la passerelle)

---

4. Tout roug^e, plein d^e bleus

(De l'intérieur de la maison, Bonneuil à Alcmène et Jupiter)

BONNEUIL — Mon général Amphitryon, au r'voir; et tous
Sénaires iambiques — mes vœux, ma chèr' madam', Alcmène, et n' pensez plus
à ces petits malentendus, rassurez-vous :
il n'ya qu'un seul Amphitryon : c'est votre époux.

(Il aperçoit Amphitryon, qui se relève à l'autre bout de la scène)

Sépténaires trochaïques

Arrangez-vous entre vous; j'ai mieux à fair^{e} : j'ai du travail ! 1035
J^{e} crois qu^{e} j'ai jamais vu null^{e} part un tel spectacle auparavant ! 1036
Un Amphitryon ici, un là... ça sent mauvais; j^{e} m'en vais !

AMPHITRYON — Mais, Bonneuil, il faut que tu m^{e} second^{e}s : reste avec moi ! 1037
BONNEUIL — Adieu.
Je n^{e} peux pas s^{e}conder un homm^{e} qu^{i} est déjà deux à lui tout seul. 1038

(Bonneuil s'en va, Alcmène, de l'intérieur, crie)

ALCMÈNE — Ah ! Je perds les eaux !
AMPHITRYON — Je rentre; Alcmène est en train d'accoucher.
JUPITER — Non, tu sors; c'est moi qui monte aider Alcmène. 1039

(Amphitryon ressort brutalement)

AMPHITRYON — Et moi je meurs !
Qu'est-c^{e} que j^{e} vais dev^{e}nir ? J^{e} suis l^{e} seul qui sais que j^{e} suis qui j^{e} suis ! 1040
Mêplux ! On n^{e} se jouera pas ainsi de moi impunément ! 1041
J^{e} vais aller me plaindre auprès du roi et tout lui raconter. 1042
J^{e} vais avoir la peau de ce sorcier vaudou thrace ou roumain 1043

1044 Qui nous a mixé du ch^{e} val Alzheimer dans la moussaka !
1045 Mais où est-c^{e} qu'il est passé ? Ah oui… ma femme… il est monté la voir !
1046 Ya pas d'homm^{e} plus malheureux dans Thèb^{e}s que moi ! Que m^{e} reste-t-il ?
1048 Bon, allez : j^{e} fracass^{e} la porte, et puis j'égorg^{e} tout^{e} la maison,
1049 les soubrett^{e}s et les larbins, et les épous^{e}s et leurs amants…
1051 Y aura pas de dieux ni d^{e} Jupiter qui pourront m'empêcher
1052 de tout fracasser comm^{e} je l'ai dit ! À la maison ! Montjoie !

Foudre, éclair, gong

Récit de la naissance d'Hercule

(Bromie sort de la maison, trouve Amphitryon évanoui, le réveille ; il se réveille en sursaut)

AMPHITRYON Ah ! Mais où est-ell^{e} ma femm^{e}, cette impudent^{e} dévergondée !

BROMIE Amphitron, vot' femme est en fait un parangon d**e** vertu !
J'vais, en peu de mots, vous en donner un' plein' démonstration.
Tout d'abord, sachez qu'Alcmène a engendré deux fils jumeaux.

AMPHITRYON Des jumeaux, c'est vrai ?
BROMIE Deux fils jumeaux.
AMPHITRYON Zeuspater !
BROMIE Laissez-moi
raconter l'histoire ; vous allez voir comm' Zeus vous aim' tous deux !

AMPHITRYON Bon. Racont^{e} !
BROMIE Quand votre épouse a commencé à ressentir
les premièr's douleurs de l'enfant'ment, les premièr's contractions,
elle a fait appel aux dieux pour qu'ils l'assist'nt en l'apaisant,
Les mains blanch's, la têt' couvert' ; et là, un bruit tonitruant...
C'est un coup d'tonnerr' ! Nous croyons voir la maison s'écrouler.
Mais ell' s'illumin' de paillett's d'or d'la cav' jusqu'au plafond !

AMPHITRYON S'il te plaît, dis-moi les chos^{e}s clair^{e}ment, et cess^{e} de t'amuser.
Et après ?

BROMIE Pendant tout ç'temps, nul d'entre nous n'a entendu
votre épouz' pousser le moindre cri, ni mêm' gémir un peu.
Ce fut un accouch'ment sans douleur.

AMPHITRYON Je n^{e} peux que m'en réjouir,
bien qu'elle m'ait bien fait souffrir.

BROMIE Bon... écoutez plutôt la fin.
Ell' nous a ordonné d^{e} laver les enfants, ç'que nous faisons.
Mais celui que moi j'lavais, ç'qu'il était grand, fort pis costaud !
On n'pouvait pas l'habiller ou mêm' le mettr' dans son berceau.

AMPHITRYON J'en suis tout héberlüé. Si tu dis vrai, comment douter
que ma femme accouchât avec l'aide et la faveur des dieux ?

BROMIE La suite est encor plus héberluante : il est enfin serré
Dans ses lanj's, quand deux dragons atterriss'nt là du haut d'null'part,
gigantesqu's, et dress'nt leurs têt's en glapissant !

AMPHITRYON Ahi ! Ahi !

BROMIE N'aie pas peur. Les serpents jett'nt alors des yeux furieux sur nous
tous, voient les enfants, et dans la mêm' second', ils fond'nt sur eux.
Moi, j'tirais sur son berceau à droite ; à gauch', devant, derrièr' ;
j'avais peur pour les enfants, pour moi, pis les dragons étaient
déchaînés. Mais quand l'jumeau numéro deux vit les serpents,

il bondit de son berceau, se précipit' sur les serpents, 1115
les empoign', vif comm' l'éclair, un dans chaqu' main, et il les brandit. 1116

AMPHITRYON Whaouw ! C'est fort ! Ça c'est de l'histoire terrorifiante qui fait bien peur. 1117
J'en ai des frissons, quand tu racontes, jusqu'au bout des orteils ! 1118
Et après ? Allez, la suite ! 1119

BROMIE L'enfant achève les deux serpents ;
pendant ç'temps, un' voix puissante appell' ton épous' par son nom. 1120

AMPHITRYON Qui ? 1121

BROMIE Le grand patron des dieux comm' des humains, Zeus Jupiter.
Il dit qu'il a fréquenté la couch' d'Alcmène incognito, 1122
que l'enfant qui a occis les deux dragons est son fiston, 1123
et que l'autre, par contre, c'est le vôtre. 1124

AMPHITRYON Bonpollux, alors, ça va,
Si c'est avec Jupiter qu'il me faut partager mon bien. 1125

MERCURE Maintenant cher public, au nom du dieu Pater, applaudissez ! 1146

TABLE DES MATIÈRES

www.lettresclassiques.fr

www.dionysies.org

www.demodocos.org

Dépôt légal : mars 2019

www.ingramcontent.com/pod-product-compliance
Lightning Source LLC
Chambersburg PA
CBHW030605130626
46552CB00006B/2669
9782956757603